Landschaft und Menschen der Provence verbinden sich in diesem vielleicht schönsten und poetischsten Provence-Roman von Jean Giono mit dem heidnischen Lebensgefühl der antiken Mythologie. Unter den Tagelöhnern und Wanderarbeitern, die sich auf den endlosen Feldern und großen Höfen an den Ufern der Durance verdingen, spielt diese Geschichte von Albin, dem Mann vom ›Berg der Stummen‹, und Angèle, die für einen ›Fehltritt‹ mit der unnachsichtigen Härte einfacher Menschen bestraft wird – eine Geschichte, die durch List und Freundschaft und die beharrliche Liebe Albins schließlich ein glückliches Ende findet.

Jean Giono wurde 1895 in Manosque geboren und starb 1970 in seinem Geburtsort in der Provence. Er war ein entschiedener Gegner der modernen Zivilisation und Technisierung und pries in seinen Romanen die Einheit von Menschlichem und Kreatürlichem, das erdverbundene Leben der Hirten, Bauern und Handwerker in seiner Heimat. Wegen seiner konsequent pazifistischen Haltung während der deutschen Besatzung wurde Giono der Kollaboration verdächtigt und hatte von 1944 bis 1947 Publikationsverbot, wurde jedoch später rehabilitiert und 1954 in die Académie Goncourt gewählt.
Im Fischer Taschenbuch Verlag erschienen außerdem: ›Vom wahren Reichtum‹ (Bd. 11421), ›Die Terrassen der Insel Elba‹ (Bd. 9235) und ›In Italien, um glücklich zu sein‹ (Bd. 11145).

Jean Giono

Der Berg der Stummen

Roman

Aus dem Französischen von
Käthe Rosenberg

Fischer Taschenbuch Verlag

7.–8. Tausend: Dezember 1993

Ungekürzte Ausgabe
Veröffentlicht im Fischer Taschenbuch Verlag GmbH,
Frankfurt am Main, August 1992

Lizenzausgabe mit freundlicher Genehmigung
des S. Fischer Verlags GmbH, Frankfurt am Main
Originaltitel: Un de Baumugnes

Umschlaggestaltung: Buchholz / Hinsch / Hensinger
Umschlagfoto: Bettina Keller, Berlin
Druck und Bindung: Clausen & Bosse, Leck
Printed in Germany
ISBN 3-596-11149-8

Gedruckt auf chlor- und säurefreiem Papier

I

Ich fühlte, daß es kommen würde.
Wenn ein Mann, nach dem Trinken, auf den Tisch starrt und seufzt, dann will er reden. Vor allen Dingen solche Männer, die allein in der Welt, allein auf ihren Füßen stehen, mit einer großen Leere rund um sich herum; mit einem Wort, einer von unserem Schlag, einer, der sich für die Erntezeit oder so auf den Pachthöfen verdingt.
Dieses Mal gehörte ich zur Kolonne der Drescher in Marigrate, einem großen Hof an den Ufern der Durance, ein Stück Land mit Kornfeldern, so weit das Auge reicht, mit wildreichen Wäldern, mit Weinbergen und allem, was sonst dazu gehört. Ein großer Hof halt.
Es war durch reinen Zufall gekommen.
Niemand ist ja weniger seßhaft als unsereins. Zehn Tage vorher war ich in Peyruis; einziger Knecht im Haus, beinahe mein eigner Herr; wenig Arbeit, gute Kost, und dann, die Frau, die war eine heißblütige; kurz: Hahn im Korbe. Wegen eines guten oder bösen Wortes werfe ich alles hin und gehe hinunter. Ich komme nach Marigrate. Sie schwitzen alle auf den Tennen.
»Holla«, sag' ich, »stellt ihr Leute ein?«
»Zuweilen.«
»Zuweilen, heißt das jetzt im Augenblick?«
»Komm her.«
Und so war ich eingestellt.

An den Sonntagabenden war man frei. Dann ging man nach Manosque, um einen Schoppen in der ›Piemonteser Schenke‹ zu trinken; eine Weinstube hoch oben in der Stadt, der Vorstadt, wie sie sie nennen. Es gab da Weiberschenkel, und der Wirt spielte Ziehharmonika, als zöge er Teig zu Sahnebonbons aus; der Schoppen Roten zwanzig Sous; das paßte uns wie angegossen.

Man tat sich je nach Sympathie zusammen; das ist so die Regel bei uns. Man verabredet sich zu fünfen oder sechsen, nach dem Eindruck, nach dem Gesicht, das einer hat, und dann los.

Ich hatte einen ins Auge gefaßt, einen großen, mit Augen wie klares Wasser, die über seine Backen flossen, und einem Lachen unter seinem Schnurrbart wie Schnee. Was mich angezogen hatte, das war, ich verhehle es euch nicht, so etwas Bitteres in seinen Augen; ein Schatten wie der Widerschein von einem Stück Fleisch, das auf dem Grunde eines Brunnens fault. Er hieß Albin. Er stammte aus den Bergen. Und ihn plagte es an diesem Abend.

Er schiebt sein Glas weg und stößt einen Seufzer von einer Tiefe aus, daß es in seiner Brust, die doppelt so breit ist wie die meine, ein Schnaufen wie von einem Bergwind gab.

»Also, wo fehlt's denn?« sage ich, um ihm zu helfen.

Manchmal da muß man ein bißchen den Geburtshelfer spielen. Es tut ihnen so wohl, sich zu erleichtern. Ich alter Nußknacker, ich hab' das zwanzigmal vor ihnen durchgemacht. Innerlich sagte ich mir:

»Na, mein Junge, leg los, du kannst es nicht verdauen, gib's von dir.«

Er gab es von sich?

»Ich bin hier am Verkommen«, redet er los, »ich schnüre mein Bündel und haue ab.«

»Laß gut sein«, geb' ich ihm zur Antwort, »wenn dir jemand was getan oder dir ein Wort zuviel gesagt hat, so muß man nie dran denken, wenn man Wein im Wanst hat. Das ist ein schlechter Augenblick. Die Dinge gehen vorbei im Lauf des Tages, laß gut sein: eine Stunde? schön, eine Stunde; ein Tag? schön, ein Tag. In dem Maße, wie's vorbeigleitet, verwischt es sich.«

»So was ist es nicht«, sagt er; »böse Worte, die tun mir

nichts. Was ich habe, das ist was Ernstes, und das zählt; nach und nach, wie laufendes Wasser ist das in mich eingedrungen, und jetzt ist es groß und schwer zu schleppen und hindert mich, in der Sonne froh zu sein. Ich kann ebensogut gehen.«

Danach brauchte ich nichts mehr zu sagen, wie ihr euch denken könnt. Er war am Zuge. Es ging ganz von allein.

An dem Abend verarztete der Wirt seine Harmonika mit Kleister und mit alten Jackenflicken; man hatte Ruhe.

Es war eine schöne Sommernacht, nackt lag sie ausgebreitet unter den schönen Ulmen. Die Straße war leer; nur ein leichter Wind spielte wie ein Gassenjunge mit dem Staub.

Der Mann erzählt:

»Das zweitemal komme ich jetzt nach Marigrate. Das vorige Mal war vor drei Jahren auf meinem ersten Dienst. Ich kam frisch von zu Haus herunter; ich bin nicht wieder hinauf. Die Winter habe ich in den kleinen Städten des Südens verbracht: in Cavaillon, Apt, Lauris, Pertuis ..., ich wollte nicht weit weggehen; vielleicht hätte ich ja was erfahren können ...

Das ist es also:

In jenem Jahr war ein Kerl aus Marseille mit uns zusammen, ein junger, hohl wie ein holziges Radieschen, nichts wie Haut und Knochen, und in der Handfläche war er tätowiert, da stand das Wort ›Scheiße‹ geschrieben. Damit hat er das Korn gewalkt!

Louis hieß er. Ein Jammerlappen, ein feiner Jammerlappen. Die Garben flatterten ihm von der Heugabel, und immer hielt er sich an den lieben Gott. Als ob er der Verantwortliche wäre! Im Grunde war's vielleicht das erstemal, daß er auf Arbeit war. Jetzt, wo ich das Leben ein bißchen kenne, denke ich, er hatte vielleicht was Übles angestellt und brauchte für einige Zeit eine Luftveränderung. Na, schön.

Er war kein schlechter Kamerad, das nicht; aber nur außerhalb der Arbeit. Er sang und drehte den Kopf dabei

wie ein Huhn; er flunkerte und prahlte, aber um ihn beim Wort zu nehmen, da kam man immer zu spät!
Sein Mundwerk hat auch das Unheil angerichtet, und auch, weil er sich die Haare im Brunnen naß machte und dann Locken drehte und sich Parfüm in die Fratze schmierte wie ein Frauenzimmer.
Wir gingen zusammen aus. Das war so von selbst gekommen. Er mißfiel mir nicht. Ich komme von da oben, mußt du wissen, und alle diese Affereien machten mich ganz dumm. Es ist schwer zu erklären: mir war nicht behaglich mit ihm, ich schämte mich. Aber wenn er mich aufforderte, in der ›Piemonteser Schenke‹ einen Schoppen zu zahlen, ging ich gerne mit.
Am meisten widerte es mich an, wie er mit Frauen war. Als wir das erstemal herkamen, fing's mit der Anaïs an. Nicht ein Glas konnte sie bringen, ohne daß er seine Anspielungen gemacht hätte. Eine Kleine, die damals kaum in ihr fünfzehntes Jahr ging!
Einmal hatte sie Wein an den Tisch hinter uns zu bringen. Und ich sah, daß er sich gebückt hatte, und dann, daß er lachte, und dann, daß er eine komische Stellung einnahm und stark schnaufte. Die Kleine ihrerseits blieb auf dem Fleck. Sie sprach mit denen, die zu trinken bestellt hatten; sie schwankte ein wenig in den Hüften wie ein junger Baum. Ich sah recht wohl, daß sie länger blieb, als nötig war. Als sie weg war, richtete er sich wieder auf.
Ist das eine Art! Eine Kleine von fünfzehn Jahren! Aber gut ...
Die Sache trug sich Mitte August zu. Um die Zeit kannte ich den Patron schon von Kopf bis zum großen Zeh mit allem, was er auf diesem Wege an Gedärmen und Eingeweiden in sich hat!
Eines Abends setzen wir uns hier auf die Terrasse, wo wir jetzt sitzen; ein Abend wie heute. Es war spät. Zwischen den Bäumen floß ein Strom von Schweigen, der alles ertränkte. Ich dachte an daheim. Kaum drei Monate war ich weg. Von meiner Heimat übrigens werde ich dir gleich

erzählen ... weil es erklärt, wieso die Geschichte kam, und weil es mir wohltun wird, nun ich mich auf den Weg dahin mache.
Eine schöne Nacht!
Ich habe so mit den Dingen der Erde gelebt, Alter, habe in den Raum, den sie lassen, soviel Leben gesteckt, ich habe so viele Freunde unter den Bäumen gehabt, der Wind ist so um mich herumgestrichen, daß ich, wenn ich Kummer habe, an sie denke, um Trost zu finden.
Ich betrachtete also mein Heimatland in mir, und das war traurig; aber in der Ulme dort gegenüber sang eine Nachtigall; dann quarrten alle Teiche mit ihren Froschmäulern, dann begann das Käuzchen zu schrein, und darauf sprang der Mond über den Hügel.
Gerade in dem Augenblick tönte das Rollen eines Wagens von oben; eines Wagens, vielmehr eines zweirädrigen Wägelchens; es fuhr schnell, das Pferd lief flotten Trab.
Im vorigen Jahr war in dem Haus, das du da drüben siehst und das jetzt verschlossen und blind vor Fensterläden ist, ein Kolonialladen. Ein musterhafter Kolonialladen, wie man sagte. Er hat bankrott gemacht. Der Mann hat sich eine Flintenladung in die Kinnlade gepfeffert, den Mostrich und das Salz hat man an die Meistbietenden verkauft. Aber im letzten Jahr noch war der Laden des Abends mit allen Lichtern lange offen, denn die Geschäfte gingen schon sehr schlecht, und man hoffte immer, wenn man lange offen hielt, könnte wohl noch einer kommen, der schon bei all den andern geschlossenen Läden gewesen wäre.
Das Fuhrwerk hält vor dem Kramladen, ein Ruck mit den Zügeln: bums; und dann mit noch einem einzigen Ruck stehen die vier Hufe im Staub wie angewurzelt, und kein Laut weiter. Eine gute Hand führte die Zügel, fest und knapp. Es war ein Mädchen.
Ich sage absichtlich: ein Mädchen, und nicht eine Frau; denn die Frauen vom Land hier – du kennst sie so gut wie ich – sind nur Holz und Stein; sie gehen wie die Heiligen, die man herumträgt, ganz aus einem Stück, sind verbraucht durch

die Erde und den Mann. Diese hier war ein Mädchen; zwei Hupfe wie eine Taube, und sie steht im Laden. Ich sah sie von der Seite; Nase und Mund standen scharf gegen das Licht, und das war so sauber, und das war so schön, noch jetzt ist mein Kopf voll davon.
Der Krämer trug ihr die Pakete bis ans Fuhrwerk, denn er dachte, mit solcher Kundin jeden Abend käme er vielleicht darum herum, sich den Lauf seines Jagdgewehrs in den Mund zu stecken.
Sie nimmt die Zügel und sagt ›Ho-ü, ho‹ mit ihrer Stimme, die zusammen mit andern Worten noch hier in meinem Kopfe sitzt und schwingt. Da fällt der Mond ganz voll auf sie, von den Füßen bis zu den Haaren, und ich sehe sie ganz, mit ihren Beinen, ihrem sanften Leib, ihren beiden vollen Brüsten, die das Mieder hielt, und mit ihrem schönen Kopf mit den gewundenen Flechten.
Ich bin aus einem Geschlecht, wo man keine Heilige Jungfrau kennt, und du, Kamerad, du gehst sicher genau wie ich nicht häufig in die Kirche, aber wenn du dich an die Zeit erinnerst, wo du ein junger Bursch warst – weißt du noch, was für ein schönes Gesicht man der Jungfrau in diesen Landen gab, den Blick und den gebeugten Arm, um das Kind zu halten, und solche Schmiegsamkeit wie die der Weidenruten, wenn man sich anschickt, einen Korb zu flechten, für die Schultern und alles, erinnerst du dich noch?
So war es!
Die Heilige Jungfrau!
Es ist lang, was ich dir da erzähle; einen kurzen Blick aber hat es nur gedauert; ein gutes Pferd und eine sichre Faust, es ging im Nu. Wie eine Sternschnuppe zog's vorbei, aber es ist mir haften geblieben, weil es schön war und stark.«

Ich erzähle euch, was der Bursche da zu mir redete, um sich zu erleichtern, und ich werde euch auch hintereinander den weiteren Verlauf der Geschichte erzählen; aber anfangs erwartete ich, weiß Gott, nur so eine Jedermannsgeschichte

mit Faustschlägen auf den Tisch und Geschimpf auf den Pächter. Das hier jedoch kündigte sich wahrhaftig nicht an wie der Quark von aller Welt.
Er hatte mich gepackt, der Bursche!
Um so mehr, als ich dazwischen wieder an das Schwarze denken mußte, das in seinen Augen zitterte; und auch seine Art zu reden ließ verspüren, daß dieser Mensch eher hart im Maul war und nicht zu haben für Gefühlsergüsse. Schon dieser eine Zug mit der Heiligen Jungfrau hatte mich ... So hartgesotten wie ich bin – und ich habe in so manches Weihwasserbecken gepißt –, ich sah wie in einem Blitz diese Bilder von der Konfirmation wieder ..., kurz, ihr versteht mich.
Ich sag's euch: er hatte mich gepackt.
Einen Augenblick blieb er stumm, und ich lasse einen neuen Schoppen kommen. Ich zahle, gieße ein, trinke und bin bereit, weiter zuzuhören; kein Wort.
»Ich folge dir von Anfang an«, helfe ich ihm ein bißchen nach, »aber da sind Dinge, die nach einem Wort der Erklärung verlangen. Du hast von deiner Heimat gesprochen und gesagt, sie zählte mit in der Geschichte. Wo bist du her?«
»Aus Baumugnes«, sagt er.
»Ist das weit?«
Auf diese Frage hat er wieder losgelegt, ganz flüssig und in einem Zug, als wäre es eine Sache, die er auswendig wüßte.

»Meine Heimat, meine Heimat ... warte, ich werde dir von meiner Heimat erzählen; das muß sein. Nicht, daß das mitzählt in der Geschichte: es ist die Geschichte selbst.
In dieser Sache, siehst du, da haben zwei Länder miteinander gekämpft: meins und ein anderes. Meins ist gerad und rechtschaffen, das andere krumm und im Herzen verfault. Warte, erst muß ich mit dir zu Rande kommen.
Ich bin nicht betrunken; wenigstens nicht vom Wein; vielleicht von was anderm, von den Sachen, die ich dir erzähle, das kann sein; aber wenn ich mit dir rede, so ist das

nicht, als ob ich mit dem ersten besten spreche; du gefällst mir. Ehe ich weggehe, muß ich die Last meiner Erinnerungen sozusagen in Verwahrung geben; so wie man sein Bündel im Gestrüpp versteckt, ehe man zu einem hochgelegenen und weit entfernten Gehöft hinaufsteigt. Du gefällst mir mit deiner rauhen und freundlichen Art zu reden, die weiß, wo das Herz sitzt.«

Das alles schmeichelte mir.

Er fährt fort: »Die Nacht schloß sich hinter ihr und dem Rollen ihres Wägelchens, und ich bleibe allein mit dem Louis zurück. Ich war weit weg von ihm, auf Bergwiesen mit Enzianstauden bis hierher.

Du wirst das gleich verstehen.

›Hast du das Mädel gesehen‹, sagt er mit seiner Stimme voller Auswurf, ›so eine Puppe könnte ich brauchen.‹

Ich hätte ihn auf dem Fleck zerquetschen können; mehr als vierzig Kilo wog der ja nicht! . . .

Ich sagte es dir schon: er war ein Schandvieh, er stank für den, der eine feine Nase hat; aber seine Schande und sein übler Geruch benebelten mich. Es tat mir wohl und weh zugleich.

Ich gebe keine Antwort, und er spinnt seinen Gedanken weiter, der ihm in dem Augenblick aufgeschossen sein muß, als er, wie ich, das Mädchen gerade vor seinen Augen sah.

›Diese Schweinearbeit ist nichts für mich, nein, ganz und gar nicht, das ist ja kein Leben. Man muß ein Schwachkopf sein und bleiben, um sich daran zu gewöhnen. Ich muß schon kotzen, wenn ich bloß das Korn ansehe. Für dich mag das gut sein, aber nicht für mich; ich bin aus Marseille, ich kann schwimmen, diese Schinderei hier ist das ärgste, was mir bis jetzt begegnet ist.

Siehst du, gerade so ein Weibsbild wie die aus dem Wagen müßte ich haben. Das, alter Freund, ist Gold wert; und dabei zähle ich die Lehrzeit nicht einmal mit, den ersten Spaß und das Vergnügen, das mein Freundchen bei den ersten Vorstößen sich da gönnen wird!

Den ersten Spaß rechne ich nicht, aber nachher, da kommt das Haus! Ich bin von der Place du Lenche in Marseille; ich weiß mit den Damen umzugehen. Für eine Frau wie die da gibst du fünfzig Francs für den Putz aus, für Unterzeug zum Anreiz, für einen Rundgang durchs Café Palais und – 'ran an die Arbeit! Über kurz oder lang bringt das dir an die Hunderte von Francs ein, und du hast alle Unkosten 'raus!‹«

Mein Freund Albin hatte das mit den Worten und im Ton des andern gesagt. Man sah, es hatte sich in seinen Kopf eingehämmert und saß da fest. Wie ausgewechselt, wie ein ganz anderer Mensch hatte er das gesagt, und ich sah die schmerzbewegte Tiefe seiner Augen. Dann schloß er sie, indem er dazu seufzte, und – bei meiner alten Landstreicherehre! – in einem Ton, daß es einem eisig über den Rücken lief, fügte er hinzu:

»Und denken, daß ich ihn auf dem Fleck hätte zerquetschen können!«

2

Es wurde spät. Ich rufe den Wirt – die Harmonika wimmerte in seinen Händen –, und ich zahle. Albin sitzt an dem Eisentischchen wie festgewachsen.

»Kommst du?« sag' ich.

Er rafft sich in seiner ganzen Schwere und Größe auf, und wir machen uns auf nach Marigrate. Meine Schicht begann um fünf Uhr morgens, ich hatte gerade Zeit hinzukommen, mich niederzulegen und wieder aufzustehen.

So kommen wir, ohne zu reden, bis nach Palerne am Ende der Pappelallee; in dem Augenblick, wo wir in den schmalen Fußpfad einbiegen, kann ich nicht mehr an mich halten und sage:

»Na, und dann? ...«

Da setzt er ganz an der richtigen Stelle wieder ein. Die Sache war wie ein Notenblatt für ihn, von dem er ablas.

»Ich hab' dir gesagt, daß meine Heimat die Geschichte sei, die ganze Geschichte; ich hab's gesagt, weil es die Wahrheit ist. Du hast gesehen, was der Louis für ein Mensch war. Seine Heimat hat ihn so gemacht, wie er war. Er war zum Platzen voll von ihrer Luft.
Ich aber, ich habe ganz Baumugnes in mir, und das ist schwer, denn es besteht aus einer Masse Erde, die bis an den Himmel reicht, und aus Bäumen von aufrechtem Wuchs; aber gut ist es und schön, und weit und klar; aus blankem Himmel besteht es und aus schönem fettem Heu und einer Luft, die geschärft ist wie ein Säbel.
Baumugnes!
Der Berg der Stummen; das Land, wo man nicht spricht wie andere Menschen. Ich kann mir denken, daß du jetzt lachen und dir denken wirst: nun für einen Sohn von da oben redet er schon eine ganze Stunde für sich allein. Glaub das nicht! Das sind keine Worte jetzt, daß ist, als ob ich blute. Das ist wie ein böses Geschwür, das ich mit dem Messer aufgemacht habe, und nun tropft Blut und Eiter heraus; so ist meine Rede heute abend, siehst du. Es ist etwas Schlimmes, das abgeht. In den drei Jahren, die ich in diesen Gegenden hier bin, habe ich nicht zwanzig Worte mehr gesprochen, als nötig sind fürs Essen und fürs Trinken. Du mußtest erst kommen, und auch die rechte Stunde. Ich werde diesem Land hier jetzt den Rücken drehen, ich steige wieder hinauf nach Baumugnes, und da oben ist's aus. Ich will, daß die Geschichte aufbewahrt bleibt bei deinem guten Gesicht, in deinem alten Herzen, das es verdient.«
Er war angezapft, der Junge!
»Baumugnes!
Wenn du am Morgen, immer so weiter in deinem Schritt, am Rande von Baumugnes ankämst (es ist kaum möglich, aber nehmen wir's einmal an), wenn du am Morgen hinkämst, da wären da zehn Häuser und die schweigende Last des Waldes.
Dann würdest du, je nach der Stunde, wie Vogelsang die

Musik von Harmoniken hören. Du würdest hören, wie das aus den Büschen aufsteigt, aus den Wiesen, aus der Schmiede oder auch aus dem Kramladen, und dann würdest du vielleicht auch auf der Schwelle ihres Hauses eine Frau stehen sehen, die auf einer Harmonika bläst...

Ich will dir sagen, wieso: das stammt aus ferner Zeit.

Einmal vor langer Zeit sind wir Menschen gewesen, die nicht an die Religion der andern geglaubt haben: und darum hat man zu jener Zeit denen, die die Großväter unserer Großväter gewesen sind, die Spitzen der Zungen abgeschnitten, damit sie keine Kirchenlieder mehr singen könnten. Dann hat man ihnen einen Tritt in den Hintern versetzt und sie hinausgejagt auf die Straßen ohne Häuser, ohne alles. Schert euch fort!

Da sind sie dann also in die Berge hinaufgestiegen: Männer, Frauen, alle; sie sind gestiegen und gestiegen, viel höher als jene, die ihnen die Zungen abgeschnitten hatten, je geglaubt hätten. Viel höher; weil sie keine Hoffnung mehr besaßen, die ihnen auf den Schultern gelastet hätte, und sie kamen zu jenem kleinen Felsenplateau am Rande der blauen Tiefen, hart an der Wange des Himmels; da war noch ein wenig Erde, die Grünes trug, und da haben sie Baumugnes gegründet.

Wenn sie mit den Zungenstummeln in ihrem Mund sprachen, so wirkte das wie der Schrei von Tieren; aber den Tieren durch ihr Geheul zu gleichen war ihnen peinlich; eben darauf hatten die da unten gerechnet, als sie das Zungenmesser handhabten.

Da kam ihnen der Einfall, einander durch Harmoniken zu rufen, die sie sich tief in den Mund hineindrückten, um mit dem Stückchen Zunge, das ihnen geblieben war, darauf spielen zu können.

Das taten sie nun, um ihre Frauen zu rufen, die Kinder, die Hühner oder auch die Kuh; sie alle waren daran gewöhnt und verstanden es.

Des Sonntags kamen sie unter der großen Zeder zusammen. Der Älteste hielt die Predigt auf seiner Harmonika, und man verstand, was er sagen wollte, gerade als hätte er noch seine Zunge von ehemals, und es lockte Tränen aus den Augen. Nachher wandten alle zusammen ihre Augen und ihre Tränen zum Himmel; und das war die Sonntagspredigt. Sie diente dazu, ihnen das Herz für die ganze Woche zu stärken; so hielten sie's Woche für Woche.

Schließlich wurden, durch das Erbarmen der Dinge, wieder Kinder mit gesunden Zungen geboren.

Wir haben nun die Gewohnheit beibehalten. Wir haben alle unsere Blechinstrumente. Am Feiertag ziehen wir mit den Flaschen von Gerstenschnaps zu einer Talmulde inmitten der Weiden. Da lassen wir dann alle zusammen unsere ›Moniken‹ erklingen, den Alten zu Lob und Dank und Erbarmen, die unser Geschlecht gesät haben. Jeder spielt für sich, und die Frauen horchen auf die ›Monika‹ ihrer Männer und sagen sich: ›Meiner spielt am besten‹; und die Kleinen horchen auf die ›Monika‹ ihrer Väter, und nur auf diese unter allen Instrumenten, und auf diese Art sprechen wir noch heute die alte Sprache der alten Bärentöter, und die verstehen wir auch am besten. Zum Schluß spielen wir dann alle zusammen die schönste Weise; sie sagt, daß wir schönes Heu haben und gutes, eisigfrisches Wasser und gesunde, harte, pralle Glieder vom kleinsten Knirps bis zum Großvater.«

Das verschlug mir wahrhaftig ein Stück Verstand!

Ich fragte mich, ob ich auch noch richtig auf meinen zwei Beinen stünde und ob das auch wirklich der Bursche Albin war, der da Seite an Seite mit mir den Weg entlang schritt.

»Da siehst du also«, fängt er wieder an, »Baumugnes – das bin ich. Das steckt alles kunterbunt in meiner Haut drin; die wirklichen Dinge von der Farbe und dem Geschmack der Wiese, das Lied der Bäume, das Knirschen der Holzhäuser im eisigen Wind; und dann die luftigen Dinge sozusagen, durch die das Herz vor Freude zittert oder langsamer schlägt, weil es angerührt ist von dem, was Laut und Duft und Farbe noch über sich selbst hinaus bergen. –

Wir gehen wieder an unsere Arbeit, der Louis in seiner Rotte, ich in der meinen. Ich sah ihn im Staub mit seinem hagern Grillenschatten vorübergehen, mit Garben beladen oder wenn er Stroh mit der Heugabel aufhob. Ich hatte mich aus Leibeskräften an die Arbeit gemacht, und ich kämpfte, um mich nicht unterkriegen zu lassen. Das brachte mich auf andere Gedanken. Sowie mein Kopf aber vom Kampf abließ, sah ich das junge Mädchen leibhaftig vor mir und ihre Faust, die das Pferd zurückhielt. Dann schaute ich mich um und erwischte immer gleich den Louis und seinen Krötenrücken.

Ein paar Tage vergingen: fünf, sechs, vielleicht auch zehn; auf jeden Fall kam der Louis kurz vor einem Sonntag in die Ecke, wo ich mit einer solchen Wut schaffte, daß meine Arme wie Radspeichen um mich herumflogen.

Die Arbeit fällt mir aus den Händen, sobald ich nur auf seinem Gesicht das schwarze Grinsen hinter dem Zigarettenstummel sehe.

›Döskopf‹, sagt er, ›wollen wir am Morgen, wo wir Ruhe haben, Krebse fangen gehen? Ich kenne eine Stelle, und ich werde dir was Hübsches zeigen; da wirst du sehen, ob man in Marseille sich aufs Geschäft versteht.‹

Ein bittres Loch frißt sich in mich hinein, und ich begreife, daß das Unheil auf dem Weg ist.

Es war ein wunderschöner Morgen, kaum geboren, spielte der goldgelbe Tag, nach Rosen duftend, in den Pappelkronen. Ich hatte ein Kitzeln auf meiner ganzen Haut. Das Leben mit seinem kernigen Geschmack lag mir auf den Lippen, aber das bittre Ding in mir war bis in meine Kehle hinaufgestiegen, und ich erstickte daran.

Wir stiegen zur Durance hinunter.

Beim Wasser angelangt, schlägt der Louis einen Hohlweg ein, ich folge ihm auf den Fersen, und wir geraten tief hinein in diese Schlangenwindungen des Pfades. Wir kommen an einen ganz schwarzen Bach, der sich einen Tunnel durch das Blätterdickicht gebahnt hatte. Von da konnte man das andere Ufer wie durch ein Fernglas sehen. Das war die

Stelle. Das Gehen hatte mich ein wenig kuriert. In der Stille kehrte das Übel wieder. Ich reiße mir die Sachen vom Leib und springe ins kalte Wasser, auch den Krebsfang nehme ich jetzt auf wie eine Schlacht, der ganze Bach brodelt und tanzt unter meinen Händen und Füßen. Um Mittag sind Korb und Brotbeutel voll. Danach schlafen wir im Weidengebüsch. Er schnarchte. Der Schlaf sank mir wie eine Blume in die Augen, aber bald weckte die Bitterkeit in meinem Mund mich wieder auf. So daß ich mich schließlich aufrichte, ihn rüttle und zu ihm sage:

›Was wolltest du mir zeigen?‹

›Warte, es ist noch nicht die Zeit.‹

Der Abend kommt und mit ihm ein Ton, daß mir das Herz im Leib gefriert: es war ein Lied, das eine Frauenstimme sang. Ehe ich noch auf den Füßen stand, wußte ich, daß sie es war, die sang.

Und ich sah sie durch den Schleier einer hängenden Weide, denn ich war näher gekommen wie ein Krammetsvogel auf den Ruf der Lockpfeife. Sie stand am andern Ufer der Durance in einem Feld, das glatt und dicht war wie ein Katzenfell. Sie wässerte das Grummet. Ja, sie war es. Ich erkannte sie an ihren knappen sicheren Bewegungen. Sie hatte ihren Rock geschürzt und war nackt und bloß an ihren Schenkeln; ohne Mieder war sie nackt und bloß an ihren Brüsten, die großen, rötlich-runden Pflaumen glichen, und so patschte sie im Wiesengrün und Wasser und sang.

Ich schämte mich. Sie brannte mich wie ein Eisen, mit dem man die Schafe stempelt; ich fühlte, wie sie sich ganz heiß in das, was zart in mir ist, eindrückte und mir weh tat.

Er aber schämte sich nicht. So ist es immer!

Er tritt aus den Weiden hervor, und ganz gerade, ganz sichtbar auf dem Uferkies, schwingt er seine Mütze mit ausgestrecktem Arm und ruft:

›Oheee . . .‹

Ich sehe, wie sie da drüben sich überm Gras aufrichtet. Sie winkt mit ihrem großen Strohhut, und nach einer Sekunde wird uns der Hall ihrer Stimme zugetragen: ›O . . . he.‹

Siehst du, da liegt der ganze Unterschied. Auch ich hätte keine Angst vor der Scham haben sollen, auch ich hätte aus dem Schatten auf den Uferkies recht in die Sonne treten sollen; dann wäre der Schmelz dieser Stimme aus warmem Mund durch die Luft auf mich zugeflogen und hätte sich auf mich niedergelassen.
›Ein hübsches Stück Fleisch!‹ sagt er, der Louis!
Er erzählt mir, daß sie die Tochter vom Gehöft ›La Douloire‹ sei, der Scheune, die da gerade gegenüber unter den Pappeln liegt, und daß sie Angèle heiße, mit Nachnamen Barbaroux.
Was er mir damals aber nicht erzählte und was ich allein, nach und nach, durch ein Wort, einen Ton, und dann auf einen Schlag durch das Zeugnis meiner Augen erfahren mußte, das war, daß er ihr abends auf dem Weg zur Furt aufgelauert, daß er sie gewaltsam, mit einer tüchtigen Ohrfeige und Worten, wie man sie bei den Tieren braucht, gehabt hat, und daß er sie jetzt, gefügig, jeden Abend, wenn er wollte und ihm der Sinn danach stand, haben konnte.

Du, Alter, denkst gewiß: ›Das schöne Mädchen, das er mir wie die heilige Jungfrau ausgemalt hat, war auch nur wie die andern. Der Louis hat nur bekommen, was noch übrig war. So was ist gewöhnt, den Rücken im Gras und auf dem Leib das Gewicht eines Mannes zu haben.‹
Sag nicht, daß du das nicht denkst!
Und ich sag dir: nein!
Sie war noch Mädchen!
Der Louis hat damit geprahlt; aber er hat nicht damit geprahlt, wie er's getan hätte, wenn's nicht wahr gewesen wäre. Manchmal, wenn er von ihr kam, war er ganz benommen, taub und betrunken, in seinen bösen Augen war es wie ein Leuchten, denn so faulig wie er war, gab es doch Augenblicke, wo's für ihn zu schwer war. Es erdrückte ihn.
Er war der erste, und, wenn's dich wundert, will ich dir's erklären:

Er hat's verstanden, mit dem Tier zu reden. Da war dieses gesunde Mädchen mit den straffen Zügeln in der geschlossenen Faust; da war aber auch das schöne Tier mit den wasserglatten Schenkeln.
Mit diesem Tier hat er gesprochen, und mit dem Tier hat er seinen Handel geschlossen: topp, und fertig!
Ich will's kurz machen, ich sehe die Giebel von Marigrate.
Eines Morgens komme ich in die Scheune zurück, um meinen Tabak zu holen, und sehe den Louis, der seine Sachen zusammenpackt.
›Heute abend‹, sagt er zu mir, ›lasse ich euch sitzen. Ich gehe weg mit dem Mädel. Sie ist abgerichtet; jetzt ist's aus mit dem Spaß. Jetzt geht's an die Arbeit!‹

Was ich Baumugnes vorwerfe, siehst du, was ich meinem Dorf vorwerfe, das ist, daß es mich nicht gelehrt hat zu töten. Eine Minute hätte es gekostet, eine kleine Minute. Dann hätte ich ihn unters Stroh geschoben, wäre hinausgegangen, und die Sache war erledigt. Aber im Gegenteil: mir ging's wie im Frühling, wenn der Schnee mit einemmal abrutscht und den Berg entblößt: unterm Himmel war nur noch mein blankes, nacktes Knochengerüst übriggeblieben.
Ich bin zurück aufs Feld. Nicht ich, nicht mein ganzes Ich: nur meine Knochen und Muskeln; das Übrige, das war ..., ich weiß nicht, das war weg. Ich habe meinen Hut abgeworfen und habe den ganzen Tag ohne Hut gearbeitet, die Sonne schlug mit ihrem großen Hammer auf mich ein, daß mir alle Glieder dröhnten. ›Du bist wohl verrückt, Langer‹, sagten die andern und versuchten, mir meinen Hut aufzusetzen, ich stieß sie so gewaltsam mit den Armen fort, daß man mich in Ruhe ließ; und dann, gegen vier Uhr, um die Vesperstunde, erst gegen vier Uhr – denn ich bin sehr kräftig – bin ich ins Stroh gefallen wie ein Toter.

An alles andere erinnere ich mich nur noch wie an einen Traum; es ist, als ob man auf dem Bettrand sitzt und sich zu erinnern sucht und das Morgenlicht einen dabei stört.

Ach, alles in dieser Geschichte war ja wie im voraus so bestimmt, daß ich leiden sollte. Mit den Dingen, die ich dir jetzt zum Schluß erzählen werde, ja, mit denen könnte ich wieder glücklich werden. Aber sie sind verschwommen; es ist, als beugte ich mich über einen Brunnenrand und sähe sie da unten sich im Wasser rühren. Es ist im Traum geschehen; es zählt nicht.

Man hatte mich wohl in die Scheune auf meinen Strohsack hinaufgetragen. Dann hatte man mich liegen lassen. Es kam mir so vor, als wäre ich eine volle Flasche Rotwein und sähe das Tageslicht durch mich hindurch. Das blieb so eine ganze Zeit; dann begann das Bild der Gegend vor meinen Augen zu tanzen: die Felder von Marigrate, der Erdboden, die Bäume, alles, was ich vor den Augen gehabt hatte, als ich hinfiel.

Alles das war ineinander verschlungen wie die Verästelungen eines Rohrgeflechtes. Die große Schale der gemähten Kornfelder legte sich um mich wie Weinblätter um einen weißen Käse. Ich hatte das Gefühl, eine säuerliche Flüssigkeit zu sein, dicke Milch, deren geronnene Brocken jeder für sich in eine andere Richtung schwammen. Das Wort ›Lenche‹ schreibt sich mit lebendigen Buchstaben auf dem roten Grund meines Blutes ein. Dahinter der Louis; nur sein Mund mit den verdorbenen Zähnen, dem Zigarettenstummel und dem Strahl von Speichel, den er ausspuckt; aber er ist es ganz, mehr als ganz, mit aller seiner Niedertracht und seiner Fäulnis. Dann verwirrt sich's. Es wird zu einem Glas Absinth auf einem Tisch mit einer roten Blume; eine Frauenhand im Absinth, Zehnfrancsscheine ... eine Treppe, nackte Schenkel, die hinaufsteigen; Männerbeine, die hinaufsteigen. Beine wie Weinreben, Frauenschenkel, blanker als Wasser. Und in dem Augenblick packt mich eine riesige schwarze Macht, und ich werde aufgehoben.

Ich muß wohl aufgestanden und in das weiße Mondlicht getreten sein.
Mir ist, als wäre meine Mutter da und hätte den ganzen Gießbach von Baumugnes mitgebracht und gösse mir das Wasser auf den Kopf. Es ist frisch und voller Blumen und tut mir wohl. Es sind Liebkosungen meiner Mutter und Wasserküsse.
Ich spüre einen leisen Duft von Heu, der mir in die Nase dringen will, und ich glaube, ich weite meine Nüstern mit den Fingern, damit er eindringen kann; mir scheint, wenn dieser Duft in meinem Kopf ist, dann wird da eine große grüne Wiese entstehen, die lieblich zu tragen sein muß; darauf höre ich ein Pferd, das im Stall mit dem Huf stampft.
Dann ist mir in diesem Traum, den der Druck der Sonne mir eingegeben hat, als stiege ich die Leiter hinunter.
Ich sehe vor mir das weiße Band der Landstraße, und wie auf einem gespannten Seil schreite ich darauf hin und halte mich mit ausgebreiteten Armen im Gleichgewicht.
Drei Kiefern musizieren mit ihren Ästen.
Alle aus Baumugnes, sogar die Ahnen mit den abgeschnittenen Zungen, sind hinter mir und spielen auf ihren ›Moniken‹ eine Weise, die mich vorwärts trägt wie ein guter Wind.
Ich gehe auf La Douloire zu. An der Kreuzung des Weges nach La Douloire und der Straße nach Thor höre ich einen Schritt. Ich bleibe stehen, schwankend wie ein Schilfrohr.
Sie ist es.
Sie schreitet schnell, sie trägt ein kleines Bündel, in ein geblümtes Tuch geknüpft.
Ich weiß nicht, wie es kommt, aber als sie bei mir ist, nehme ich ihre Hand und spreche zu ihr. Ich sage ihr ... ich sage ihr ... Ich weiß nicht. Du siehst doch, es ist der Traum eines Kranken. Und sie weint, und sie weint auf meine Hände. Und ich habe gewonnen, da, in meinem Traum habe ich gewonnen; ich erinnere mich, sie sagt zu mir: ›Jetzt ist es zu spät‹, aber ich spreche weiter, und ich drücke sie an mich.
Es ist ein Traum. Du siehst doch.

Dann pfeift da jemand, drüben in der Nacht; ein Pfiff, der vom Louis kommt; sie löst sich von mir wie eine reife Frucht vom Baum; sie eilt auf den Pfiff zu; sie geht unter in der Nacht, von dem Pfiff gezogen wie an einem Seil. So ist es.«

3

Mittlerweile waren wir scharf zugegangen, und durch den Eichwald von Cadarache war schon Marigrate zu sehen; man konnte es an seinen Feuern auf der Tenne erkennen, und in der Tiefe der Nacht hörte man die Männer reden. Nur noch durch den Wald, und man war da: höchstens noch eine Viertelstunde.

Diese Geschichte gärte in meinem Kopf wie gekelterter Wein. Ich bin nicht von gestern, und ihr könnt euch denken, mehr als einer, der Trübsal blies, hat mir die Ohren vollerzählt, das kann ich sagen. Aber Sachen wie diese hier, bei meinem Hundeleben, die hatte ich noch nie gehört!

Dazu hatte er jetzt noch die Zähne zusammengebissen, und es war nichts weiter zu hören als die Nägel unserer Schuhe auf den Steinen und das Rascheln des Grases, das unsere Hosen streifte.

Ich fange wieder an:

»Wieso sagst du, daß du geträumt hast?«

Er antwortet:

»Am Morgen haben mich die, die zur Frühschicht gingen, zusammengekauert am Fuß der Leiter gefunden.

Zu ihr aufbrechen, ihr entgegengehen, mich zwischen sie und den verruchten Louis stellen, wahrlich, der Wille dazu war da, aber wo die Kraft hernehmen? Die Sonne hatte mir gerade so viel gelassen, um aufzustehen und hinunterzuklettern; als ich unten war, war nichts mehr da, um die Knochen und das übrige zu tragen. Da ist dann dieser hartnäckige Wille losgegangen, für sich allein in die Nacht hinaus, und hat eben getan, was er getan hat, davon weiß man nichts; das ist Traum.«

»Und nachher?«

»Oh, nachher, das ist ganz einfach gewesen; nachher war alles klar und einfach. Sie war weg. Und ich hab' sie nicht mehr gesehen.

Weißt du, Alter, diese einfachen und klaren Sachen, wenn sie zum Guten sind, um so besser; wenn sie aber zum Schlimmen sind, dann denkt man ans Messer: mit jedem Tag dringt es ein wenig tiefer ein und sticht.«

Damit habe ich alles erzählt, was der Albin an jenem Abend gesagt hat; aber den Ton des Ganzen, den kann ich nicht wiedergeben.

Er hatte angefangen mit einer Stimme wie jeder andere, aber je weiter er in das Herz seines Unglücks vordrang, je mehr wurde sie zu seiner eigenen, sie schien eigens für diese Geschichte geschaffen. Es ging von dem Augenblick aus, da ihm der Name seines Dorfes auf die Lippen gekommen war. Von da ab war es nicht mehr die Stimme eines Menschen, die so tönte. Lacht, wenn ihr wollt, daß so ein alter Narr wie ich, der mit allen Wassern gewaschen ist, sich in solche Albernheiten verliert, aber, bei meiner Seele, es klang gemessen, tief und ernst, es hatte den langen Atem und die herbe Kraft des Windes. Es glich dem Wind, der Sprache der Bäume, der Gräser, der Berge und der Himmel. Mir war, als ginge diese schwere Stimme aus seinem Munde in die Nacht hinaus, ganz geradeaus wie ein Pfeil, und immer weiter, weit übers Erdenrund hinaus. Es leuchtete wie eine Sense. – Wir waren angelangt. Man war beim Dreschen der großen Miete, der großen, die sechs Nächte dauert, und meine Kolonne hatte den Anfang gemacht. Das heißt, daß ich gleich aus Leibeskräften mich ins Scharmützel mit dem Korn stürze. Ich komme in Zug, die Arme nehmen den Schwung auf, die Handgelenke gewöhnen sich an das Gewicht und die Augen daran, im Dunkeln die Mitte der Garbe zu setzen, wo man die Forke hineinstechen muß – und schon hab' ich den Kopf wieder frei und die Geschichte vom Albin sitzt mir breit darin, als kramte er sie hier neben mir aus.

Er hatte recht: es war eine hartnäckige Sache. Es fraß an mir. Ich hatte gesehen, wie er schlafen ging, mit dem schweren Schritt eines Mannes, der einen Sack trägt. Und da wandelte mich der Wunsch an, ihm Erleichterung zu verschaffen, der Wunsch, daß er den Kopf aufrichten und lachend sagen möchte: »Schon gut, es wird schon werden.«

Schließlich wurde es Morgen, und dann zehn Uhr; da war für uns Schluß, und man ging schlafen.
Die Lider waren mir schwer, und ein verfluchter Schmerz zerrte mich in der Schultergegend – man wird alt –, aber ich gehe um die Tränke herum und, statt zu uns in die neue Scheune hinaufzusteigen, gehe ich zu ihm.
Er war mit Clodomirs Kolonne in den Überresten des alten Schweinestalls, der nicht mehr benutzt wird, untergebracht. Alles schlief, voll bis an den Rand der Lider. Bis an die Knie watete man in dieser Baracke im Schlaf. Er lag ganz im Hintergrund neben seinen zusammengepackten Sachen. Er schlief auch; einen schönen, geräuschlosen Schlummer mit geschlossenen Lippen und offner Nase. Nun ich ihn in aller Muße betrachten konnte, sah ich auf seinem Gesicht die Spuren seines Kummers. Er hatte ihm gleichsam eine Kandare in den Mund geschoben, und daran gängelte er ihn so, wie er wollte; er hatte ihm die Mundwinkel verdorben, das sah man recht wohl.
Ein schöner Mann! Jung, gesund, breit und um zwei gute Zoll größer als die andern. Er schlief, wie ein guter Schläfer, flach auf dem Rücken, ohne daß man ihn atmen hörte. Ihn zu wecken, wäre ein Verbrechen, besonders wenn man weiß, daß seine Augen, sobald sie aufgetan, nur auf sein trauriges Leben sehen.
Ich setzte mich auf seine Kiste, ich betrachtete ihn eine Weile, und dann – ich bin nicht aus Zement gemacht –, dann war mir, als fiele ich in ein schwarzes Wasserbecken, und ich schlief ein, schlief, durch die Nase trompetend, wie ein Unsinniger.
Seine Hand auf meiner Schulter weckte mich. Es mußte

dem Anschein nach gegen zwei Uhr mittags sein. Er stand vor mir, fertig angeschirrt mit seinen drei Umhängetaschen und dem Kleidersack. Ich sollte aufstehen, wollte er, damit er seine Kiste nehmen könnte.

»Was fällt dir ein, Alter«, sagt er, »daß du zu uns schlafen kommst?«

Sein Auge blickte ruhig, wie eine blaue Blüte, und ich war drauf und dran, mich zu fragen, ob diese ganze Geschichte nicht nur die Wirkung des Weins in meinem Gehirn war; aber da tauchte plötzlich auf dem Grund seiner Augen jener Schatten auf..., und der Strich seiner Lippen wand sich unter seinem Schnurrbart wie ein Schlänglein..., sicher hatte er begriffen, warum ich da war. Da sagte ich:

»Ja, deswegen.«

Er zuckte so mit den Achseln, um anzudeuten: Wozu? und das fraß sich in mich hinein, wie Wasser, das gegen einen Erdwall drückt, allmählich vordringt, ihn einreißt und den ganzen Obstgarten überschwemmt.

»Höre, Junge, setz dich hier neben mich. Ich hab' mit dir zu reden. Du bist ein Stolzer, du hast das alles bei dir behalten, gut verwahrt, wie Feigen, die man zum Trocknen aufhebt. Du hattest unrecht. Das heißt: nicht im großen und ganzen, und du hattest sogar recht, mit mir altem Narren davon zu reden; aber jetzt hast du unrecht, wenn du glaubst, daß du vor tauben Ohren gepredigt hast. Höre, geh nicht gleich weg. Nein, so meine ich es nicht; geh nicht gleich in deine Heimat zurück, das meine ich. Geh du von Marigrate weg, gut, aber steig nicht gleich hinauf in dein Dorf. Kaum bist du da, wird es sich hinter dir schließen, und dann gibt's kein Mittel mehr, niemals mehr. Und bis ans Ende deiner Tage wird diese Sache der Luft beigemischt sein, die du atmest. Verstehst du mich?

Schlag nicht gleich den Weg in die Heimat ein. Hör zu: ein Kampf mit schlimmen Dingen, mein Junge, der dauert immer lange, aber selbst wenn man mit beiden Schultern schon den Boden berührt hat, darf man nicht sagen: es ist

aus. Man steht wieder auf und fängt von vorne an; schließlich bleibt doch das Unglück im Staub liegen.
Glaub mir; glaub einem alten Papa, der sich trotz allem immer noch ein bißchen aufs Leben versteht. Hör zu: ich werde nach La Douloire gehen, ich selbst; ich werde herausbekommen, wie die Sachen stehen, und werde es dir dann sagen. Warte auf mich; geh bis nach Peyruis auf dieser Seite der Durance; rechter Hand, hinter der Brücke, nimmst du den Fußpfad und fragst nach dem Hof von Esménard; er liegt am Rand einer Wiese zwischen drei Weiden. Dort sagst du, daß du von mir kommst. Sieh zu, daß du zuerst mit der Frau sprichst, sie ist es, die im Haus befiehlt, und, um dir's geradheraus zu sagen, ich habe über ein Jahr mit ihr geschlafen. Sag ihr: ›Ich komm' vom Amadeus‹, und es wird gut sein. Du legst Hand an, wo's nötig ist. Gib Obacht, es ist eine Sau da, die beißt, füttre sie, ohne zu ihr hineinzugehen, es ist die schwarze. Gut. Ich meinerseits werde bald erfahren, was ich wissen will, ich komme herauf, ich erzähle es dir, und dann erst, Junge, dann erst scher dich nach Haus. Dann ist alles getan, was man tun kann.«
Er schaute mich an, ohne mich zu sehen. Ich spürte, wie die beiden Strahlen seines Blickes rechts und links an meinem Kopf vorbeigingen, um sich auf etwas jenseits der Mauer zu heften.
»Gut«, sagt er endlich, »abgemacht, ich werde da oben auf dich warten.«
Er stellt seinen Sack auf die Erde und zählt an seinen Fingern.
»Ich werde bis zum November auf dich warten, bis Mitte November, länger kann ich nicht.«
»Ich werde vorher da sein, Junge.«
Er ladet sich seine Sachen auf, steigt die Leiter hinunter. Unten dreht er mir sein Gesicht ein wenig zu, um mir mit den Augen Lebewohl zu sagen, und weg ist er.
Eine Stunde Schlaf hatte mich das gekostet!

Was man versprochen hat, muß man halten, und zwar gleich; sonst kommt ein Haufen netter, aber auch recht hinderlicher Dinge der Absicht und einem selber in die Quere.

Ich schlafe auf dem Sprung gleich weiter, das ging am schnellsten; dann raffe ich in aller Eile meine Sachen zusammen und stopfe sie in meinen Sack; meinen schönen lavendelblauen, blitzsauberen Arbeitsanzug lasse ich aber draußen. Ich wollte mich bei meiner Ankunft in La Douloire in möglichst vorteilhaftem Lichte zeigen.

Ich hätte bei Baptistin vorbeigehen können, damit er mir mit der Rasierklinge einmal über die Backen fährt; aber bei reiflicher Überlegung war es vielleicht besser, meine mehr salz- als pfefferfarbenen Stoppeln stehenzulassen; das flößte Vertrauen ein; es wirkte alt und gesetzt. Zusammen mit der Arbeitskluft machte das Eindruck! Gerade wie es sein sollte: sauber und nicht mehr jung, Erfahrung und Geschmack an der Sache, gute Arbeitskraft und keine Gefahr in puncto Frauen. Was unsereins für ein Rüpel sein kann! Nun dieses Mal war's für das Beste vom Besten.

Mittlerweile war es sechs geworden. Die Arbeit auf der Tenne ging ihren Gang. Es war so schön, daß man nicht wußte, wohin mit sich. Für heute war's zu spät geworden. Jetzt aufbrechen nach La Douloire – ich wäre dann, wenn ich den Weg berechne und das Suchen nach einem Übergang, um zu Fuß die Durance zu überqueren, so gegen neun Uhr dort angekommen. Das hieß mit einem einzigen Schlag die ganze gute Wirkung von meinem Stoppelbart und meiner Kleidung vernichten. Andrerseits hatte ich aber den Dienst aufgesagt und mein Geld bekommen; die Arbeit wiederaufnehmen, das wäre beschissen. Ich stopfe meinen Sack unters Stroh und, die Hände in den Taschen, spiele ich den Bürgersmann und spaziere in die Felder.

An diesem Abend habe ich begriffen, was mir an der Erzählung meines Kameraden ein wenig närrisch vorgekommen war, und zugleich, welch' einen Platz dieses Mistvieh von Erde mit seinen harten Krallen und seinem

schönen Fell in unserm Innern einnimmt. Ich bin nicht aus dieser Gegend; ich sage immer: ich bin von überall. Nein, im tiefsten Innern bin ich doch von einer Erde wie die von Marigrate: einer Erde, schwer von Korn, mit Zypressen vorm Gemäuer der Landhäuschen, mit grünem Eichengehölz, sonnenverbranntem Gras, Bächen mit leerem Strombett an Stelle des Wassers, mit dem Duft des Thymians und dem Lachen der Ziegenhirtinnen.
Wenn ich auch nicht von hier bin, so hat mich auf alle Fälle doch diese Erde gemacht, mich und meine Art zu denken, und ich bin stolz darauf. Warum? Tut, was ich tue, schlagt euch mit ihr herum, daß euch die Arme krachen, und ihr werdet schon sehen!
Als es Nacht geworden war, hab' ich mein Bett am Rande einer Wiese gemacht, die sang mit allen ihren Gräsern, und das Gesicht den Sternen zugekehrt, hab' ich geschlafen wie ein Toter.

4

Ich wußte nicht, wo die Furt ist. Ich suchte sie mit dem Auge: nichts. Es hatte keinen Sinn, hier den Wagehals zu spielen. In dem tüchtig aufgeschwollenen Wasser verliert man den Fuß, die Strömung reißt einen fort, und Tage danach erst finden sie einen (wenn sie einen überhaupt finden!) in einem Loch, in dem man mit einem Bauch wie eine Wassermelone von der landwirtschaftlichen Ausstellung trudelt. Danke schön! Ich mußte stromaufwärts auf dem Geröllufer der Durance, die recht gut im Fleisch war, entlangwandern: kleine Birkeninselchen, glatte, stille und gehörig tiefe Tümpel; die Fische vergnügten sich damit, in die Luft zu springen und wie eine Ohrfeige wieder auf das Wasser zu klatschen.
Ich war weit über La Douloire hinaus. Der Hof war – immer noch am andern Ufer – hinter einem Hügelrücken verschwunden, und ich ging immer noch flußaufwärts.

Endlich komme ich an eine Stelle, wo die Durance schaumig-weiß über Gestein kichert: Altes Schwein, sag' ich zu mir selber, wenn du hier nicht hinübergehst, dann kannst du auf dieser Uferseite gut und gern bis nach Italien traben. Ich wag's; ich gehe hinüber, mache mir zwar den Bauch dabei naß, aber am frühen Morgen ist das gar nicht übel. Ich lande mitten in einem Ginstergestrüpp, dichter als Filz und gespickt mit Dornen von der Länge eines Piemonteser Messers. Das ist auch nicht gerade angenehm! Ich arbeite mich hindurch, indem ich laut das Blaue vom Himmel herunterfluche, was zwar nichts hilft, aber erleichtert, und ich gelange auf eine schmale, weiß gepuderte Landstraße, die sich an der Flanke des Plateaus entlang schlängelt.
Auf dieser Seite, müßt ihr wissen, ist das Erdreich durchaus nicht so fett und so schön breit wie bei Marigrate; nur ein Streifen Erde liegt zwischen dem Hügel und dem Uferdikkicht der Durance. An den guten Stellen mag er hundert Meter breit sein: auf der einen Seite – das Wasser, und was für ein Wasser! Die Tollwut der Berge. Auf der andern – der Hügel, und was für ein Hügel! Das Plateau von Valensole: Felsen, Dornen, ein Abhang von einer Steile, als sollte man geradeswegs in den Himmel steigen, und da oben – der liebe Gott, der den ganzen Sommer hindurch Gewitterwolken ballt und sie mit seinem Herrgottsdonner zerreißt. Stellt euch das vor!
Ich will damit nur klarmachen, daß ich eine gute Stunde auf der Landstraße vorwärtsmarschiere, ohne einen Menschen zu sehen, ohne auf ein Gehöft zu stoßen, ohne einen Brunnen zu hören; keine Räderspuren im Staub, nichts wie die drei Häkchen von Krähenfüßen. Hin und wieder öffnet sich der Schlund einer Schlucht, die beim letzten Unwetter zwei Karren voll Geröll quer über den Weg geschüttet hat.
Da endlich: La Douloire! Der Hof liegt an das Plateau gelehnt, die Scheune hart am Felsen. Zwei Platanen davor und ein Luzernenfeld bis zum Strom hinunter; das heißt: ein Feld, zweihundert Fuß lang, am Ende abgefressen, ausge-

zackt wie die Zähne einer Säge, unterwühlte Schollen, die sich ablösen und mit ihren Grasbüscheln auf den rollenden Fluten davonschwimmen. Da werde einer fett dabei!

Auf der einen Seite ein kläglicher Obstgarten, sumpfgrün, die Baumstämme am Fuße weiß von Schimmel. Auf der andern Seite das niedere Landhaus. Nun, dieses, ziemlich langgestreckt, war soweit ganz entsprechend, aber es ließ sein Knochengerüst sehen und seine Mauersteine. Das war La Douloire. Man spürte wohl, daß da nicht viel zu holen war, man brauchte bloß das Holz der Türen und das geflickte Dach anzusehen.

Jetzt galt es meinen Plan machen. Ich ziehe mich ins Gebüsch zurück und hole meine schöne blaue Leinenjacke, meine Hose und meine flache Mütze aus dem Sack. Als ich angezogen war, fühlte ich, daß ich gut ausschaute, aber ich wagte mich noch nicht heran.

Wenn ich mit Schlauheit vorgehen muß, horche ich gern, von welcher Seite der Wind weht. Ich esse einen Happen und denke: Es müßte doch mit dem Teufel zugehen, wenn ich nicht bald jemand treffen sollte, der mir ein wenig Bescheid sagen kann. Um Mittag taucht denn auch eine Ziege um die Straßenbiegung auf, dann zwei, dann fünf und noch zwei Zicklein mit so einem Dreikäsehoch, der mit gesenktem Kopf einherschritt, damit beschäftigt, eine Heuschrecke am Bauch zu kitzeln.

»He!« rufe ich.

Das ganze Bataillon macht halt, einen Fuß in der Luft.

Was man auch sagen mag, Kleider machen Leute. Ohne meine feine Kluft hätten sie alle den Hügel hinunter Reißaus genommen.

»Ist das da La Douloire!«

»Ja«, nickt das Bübchen.

»Das ist der Hof vom Barbaroux?«

»Ja«, nickt er wieder und schließt seine Faust fest um die Heuschrecke.

»Weißt du nicht, ob sie jemand zum Dreschen brauchen?«

»Ich weiß nicht«, sagt der Kleine, »ich bin nicht von hier, ich bin von Rousset.«

Da hatte ich meinen Bescheid! Damit, alter Freund, war etwas Rechtes anzufangen! Noch dazu, wo mir, je länger ich diese unwirsche Douloire mit ihrem schlechten Erdreich betrachtete, um so tiefer der Mut sank und ich schon so weit war, mich zu fragen: Gehst du oder gehst du nicht?

Ich bin nicht eben ängstlicher als andere, aber die Sache hier war von allen Seiten nicht geheuer. Es kam von diesen Felsgerippen, von dieser kränklich fahlen Farbe, von diesen staubbedeckten Dornenbüschen, vor allem aber von La Douloire selbst, die da neben ihrem kargen Acker in der Seiche ihrer Misthaufen hockte, grindig und trüb wie eine alte Vettel. Und dann kam hinzu, daß hinter alledem der Kummer des Albin saß und eine Sache, an die ich gedacht hatte: an das, was mich im Grunde zu diesem Gehöft trieb und was ganz und gar nicht schön war! Fein herausgeputzt in meiner blauen Jacke und Mütze, sitze ich denn in meinem Nest und überlege hin und her bis gegen drei Uhr nachmittags, nach der Sonne zu urteilen. Da taucht wieder jemand an der Straßenbiegung auf, dieses Mal ein Mann, der aussah, daß man seinen Augen nicht traute: in Sonntagskleidern, einem schwarzen Anzug, mit einer festgeklemmten Krawatte, einem Zelluloidkragen und einem steifen Strohhut! Die große Aufmachung, was! An einem Wochentag! Er schwitzte wie zehn Kruken und war rot zum Platzen. Ich fühle auch ihm vorsichtig auf den Zahn, um zu erfahren, wie die Sache steht.

»Tut mir leid, mein Junge«, antwortet er, »ich weiß nicht mehr als du; ich bin aus der Stadt. Ich trage die ›Anzeigen‹ für die Beerdigung der Schwiegermutter vom Justinien herum, aber nach La Douloire bin ich nicht gekommen; die sind verzankt miteinander.«

Kein Glück.

Da reitet mich der Teufel: Nun gerade, sag' ich mir, wirst du hingehen, man wird dich nicht gleich fressen!

Nein, gefressen hat man mich nicht, aber um Haaresbreite hätte man mir beinahe eine Kugel in den Leib gejagt.

Die Landstraße machte einen weiten Umweg um das Gehöft und führte hinter dem Haus herum. Ein Feldweg führte darauf zu. Ich schlage ihn ein. Als ich zu den zwei Platanen komme, tut sich die Tür auf. Ein Mann tritt auf die Schwelle (er mußte schon von dem Augenblick an, da ich auf ihn zugeschritten kam, dort lauern). Der Kerl nahm kein Ende nach oben, sein Gesicht war mit einem schwarzhaarigen Fell bedeckt, darunter ahnte man ein breites Kinn, das vorstand wie ein Pflugeisen, und dazu noch zwei glühende Augen. Den rechten Arm trug er in einer Schlinge aus einem roten Seidentuch, mit der linken Hand hielt er eine Flinte in der Mitte gepackt.
»Wo willst du hin?« ruft er.
»Verzeihung«, sag' ich, ich war zehn Schritt von ihm entfernt stehengeblieben, wie man's bei einem bösen Hund macht, »ich wollte fragen, ob man vielleicht einen Mann zum Dreschen braucht, das kann ja manchmal sein ...«
Ich spürte, wie er mit seinen Augen auf mich zukam, den blauen Staat und mein ganzes Aussehen abtastete, und ich schnitt eine Fratze wie die Einfalt und Gutmütigkeit in Person.
»Marsch, scher dich deines Wegs, wir können dich hier nicht brauchen.«
Ich sage mein Sprüchlein her.
»Bauer«, sag' ich, »ich bin kein schlechter Kerl, jedem das Seine unter der Sonne. Ich verlange mein Brot nicht umsonst, ich kann arbeiten, und ich füge mich leicht. Nehmt mich an, ich werde alt, auf den großen Höfen will man nicht mehr; wenn man mich in den kleinen auch nicht mehr will, soll ich verrecken?«
»Das kannst du«, sagt er trocken wie ein Rebenstock. »Es bleiben immer noch mehr als genug von deinem Schlag übrig. Vorwärts, scher dich!«
»Bauer ...«

Aber er läßt mich nicht weiterreden.
»Soll ich dir eine Kugel in den Leib jagen«, schreit er, »willst du das, ja?«
Und er hebt sein Gewehr und versucht, den kranken Arm zu bewegen, aber der Schmerz verzerrt ihm das ganze Gesicht unterm Bart.
Um die Wahrheit zu sagen: ich war im Begriff, Fersengeld zu geben.
»Was gibt's denn schon wieder?« sagt drinnen eine Frauenstimme.
Diese Frau, die werde ich euch jetzt gleich beschreiben, denn auf ihrem Gesicht, da habe ich so nach und nach alle Auskünfte über meine Angelegenheit gelesen, und indem ich an sie dachte, habe ich zu guter Letzt das Ding gedrechselt wie ein Drechselmeister.
Auf jeden Fall kann sie sich rühmen, mir Freude gemacht zu haben: sowie ich sie nur hörte, sagte ich mir: Jetzt wird er's nicht mehr wagen zu schießen. Sie zeigte sich nicht etwa von einer freudigen Seite, nein, wahrhaftig nicht, oder etwa als ein resolutes Weibsbild; nein, sie konnte eher Furcht einflößen, Furcht aus Mitleid; allein ich fühlte mich jetzt sicher; wieso, weiß ich nicht, aber es war so...
Die Bäuerin also tritt zugleich mit ihrer Stimme aus der Tür. Ich ziehe meine Mütze –, man weiß, was sich schickt.
»Grüß Gott, Bäuerin.«
Sie hatte schon den gesunden Arm des Bauern gepackt; obwohl sie Angst hatte, das sah man, ging sie fest und entschieden gegen ihn vor wie eine gute, aus gutem Holz geschnitzte Frau, die sie zu sein schien.
»Wieder mit dem Gewehr in der Hand, Clarius? Für alle, die vorbeikommen, für alle, die dich vielleicht um einen Schluck Wasser aus deinem Brunnen oder um einen Bissen Brot bitten könnten, für alle hast du also nur das Gewehr bereit? Weißt du nicht mehr, was Gutherzigkeit ist, nein? Mann, ich kenn' dich ja nicht wieder. Was hat der da dir denn getan? Siehst du nicht, daß er alt ist?«
Sie mußte mich nicht gut angesehen haben. Alt? Laß gut

sein, ich hätte ihr, so alt ich bin, noch allerlei Vergnügen machen können!... Pfui, nein..., da red' ich Ferkeleien. Ich habe diese Frau in der Folge zu schätzen gelernt, die war Butter auf unser schimmliges Leben.
Sie klopfte ihm mit kleinen Schlägen auf den Rücken, wie man ein Pferd beruhigt, das Angst hat, und der Arm, der die Flinte hielt, senkte sich, und die Flinte wurde gegen die Mauer gelehnt. Da wagte ich einen Schritt und dann noch einen auf La Douloire zu, und ich trat in den Schatten des Hauses, von meinem Gedanken gezogen wie mit einem eisernen Haken.
»Was willst du, mein Guter?«
»Bäuerin, wie ich hier stehe, ich bin auf der Suche nach Arbeit. Ich wollte nur fragen, ob vielleicht fürs Dreschen, oder es könnte ja sein... auch sonst was...«
Der Mann blickte wie verblödet auf seine Füße und streichelte mit der Hand seinen Arm in der Schlinge.
Die Bäuerin schaute auf den Arm.
»Man könnte vielleicht einig werden«, sagt sie. »Sei doch kein störrischer Esel; so wie du zugerichtet bist, hast du drei Monate damit zu tun. Was würdest du denn verlangen?«
Während ich mir einen vernünftigen Preis überschlage, nicht zuviel (ich wollte dableiben), nicht zuwenig (um nichts merken zu lassen), fügt sie noch hinzu:
»Die ganze Drescharbeit wäre zu machen: wir haben ein Maultier und den Saturnin, aber auf den Saturnin ist kaum zu zählen.«
Und zum Bauern sagt sie mit gedämpfterer Stimme, aber ich hab' gute Ohren:
»Nichts zu fürchten.«

Der Handel ist geschlossen: dreißig Sous pro Tag, Mittagessen und Nachtquartier. Um den guten Eindruck zu erhalten, sage ich: »Ich kann gleich anfangen, es ist noch eine Weile hell. Was man heut' abend tut, braucht morgen nicht getan zu werden.«
Wir besprechen, daß ich den Stall auskehre und die Tenne

herrichte. Ich ziehe meine blaue Jacke aus, lege sie, wie sich's gehört, recht sorgfältig in der Mittelfalte zusammen, denn ich weiß, die Frauen mögen das gern, und die Bäuerin sah mir auch dabei zu: dann kehrt sie ins Haus zurück.
Es war erreicht! Es schien mir kaum glaublich. Hätten die Leute augenblicklich von mir verlangt, daß ich die ganze Nacht durch dreschen sollte, ich hätte gesagt: »Gut«. Ich hätte gedroschen.
Wenn man den Bauern in der Nähe betrachtete, sah er nicht aus wie ein schlechter Mensch. Durch seinen gewaltigen, ganz verzottelten schwarzen Bart hindurch sah man die noch immer schönen Züge seines Gesichts; aus seinen Kohlenaugen, die wie Wespenflügel glitzerten, floß zuweilen ein Bild, lind wie laues Wasser und voll von guten Worten; das Kinn allerdings, das sagte: Was ich will, das will ich.
Ich verstehe mich bei solchen Gelegenheiten rasch hineinzufinden und in Trab zu kommen, in den richtigen Trab. Ich arbeite und halte meinen Schnabel. Dann denken sie: Der hat was los und ist verläßlich, auf den braucht man nicht aufzupassen. Das schafft mir nachher manche gute Stunde.
Ich greife also nach der Heugabel, als hätte ich sie eben erst dort abgestellt. Am Klirren der Ketten errate ich, wo der Stall ist; als ich jedoch um die Scheune biege, stoße ich mit der Nase auf einen Hanswurst –, meiner Treu, wär' ich dem woanders begegnet, ich hätte zwei Tage lang zu lachen gehabt. Stellt euch einen alten Kerl vor – der da war nämlich wirklich alt –, schlecht zusammengebaut, die Ohren vorgestellt wie ein Maultier, das seinen eigenen Schatten sieht, rote Stoppeln, spärlich über die Backen gesät, ein riesiger lachender Mund und eine Stirne, die ihm bis an den Hinterkopf reichte mit einer Art Kranz von roten Haaren drum herum. Und dazu lachte er und schlug sich auf die Schenkel!
Ich kann mir nicht helfen, ich ruf' ihm im Vorbeigehen zu:

»Sonst geht's dir aber gut, ja?«
»Du da, was willst du denn dahinten?« antwortet er.
»Ich, ich geh' an meine Arbeit.«
»Du gehst an deine Arbeit? Hast du mit dem Bauer gesprochen?«
»Gewiß doch.«
»Und hast keine Kugel in den Bauch bekommen?«
»Kugel in den Bauch? Du träumst wohl? Seh' ich aus wie ein Kerl, den man mit einer Kugel empfängt? Hast mich wohl nicht genau angesehen, was? Gewiß hab' ich mit dem Bauer gesprochen, er hat mir die Hand gedrückt und gesagt: ›Guten Tag, Alter, würdest du wohl die große Freundlichkeit haben, den Stall zu säubern?‹ Da kann man nicht nein sagen, und so tu' ich's jetzt.«
Bäh!
Damit lass' ich ihn stehen, und er windet sich wie eine geschälte Weidenrute.

Das war der Saturnin!
Am Abend stand mein Teller neben dem seinen. Er hatte eine Krankheit, das war das Lachen. Er konnte sich nicht halten, er mußte immer lachen, und in diesem Haus wirkte das eher unbehaglich.
Die Bäuerin – Philomene hieß sie – ging mit zusammengepreßten Lippen, ohne ein Wort zu sagen, mit ihrer großen Schöpfkelle, die jedesmal mit einem ganzen Napf Kohlsuppe befrachtet war, zwischen Tisch und Herd hin und wider. Sie kannte die Reihenfolge, wie sich's gehört: eine Kelle für den Bauer, eine für Saturnin, eine für mich, den zuletzt Gekommenen, eine für sich selber. Man spürte durch ihre Kleider hindurch, daß die Frau dürr und flach sein mußte; ihre Jacke wölbte sich wohl vorn ein bißchen, aber nur auf einer Seite und weil sie da ihr Taschentuch stecken hatte. Wenn ich mit meinem Messer einen Frauenkopf aus Holz geschnitzt hätte, dann wäre der ihre dabei herausgekommen. Ihr Hals war wie der Hals einer Henne und ebenso sehnig. Aber da war ihr Mund: ein guter Mund

mit Brotgeschmack; da waren ihre immer feuchten Augen und ihre Art, das Weinen mit der Nasenspitze hochzuziehen –; das alles erzählte lang und breit von ihrem guten Herzen. Im Grunde, seht ihr, waren sie und der Clarius, der schräg über seinen Suppenteller gebeugt saß und die Zähne zusammenbiß, wenn sein Arm ihn stärker plagte, im Grunde waren sie sehr, sehr gute Menschen; aber da war gekommen, was gekommen war, und die Tränen flossen aus ihr wie aus einer Quelle, und er dachte nur noch an seine Flinte. Wer will ihnen einen Vorwurf daraus machen!

Unterdessen lachte der Saturnin.

Das war ziemlich unangenehm, könnt ihr mir glauben!

Wir aßen das Abendbrot in einem großen, hohen Raum, der mit Steinfliesen ausgelegt war. Er war nur durch das kleine Herdfeuer erleuchtet, denn die Tage waren noch lang, und die Tür stand offen. Der Abend mit seinen Sternen und dem Widerschein vom Grün trat ein wie bei sich zu Haus. Im Hintergrund auf dem Küchenbord lagen Äpfel zum Trocknen. Es roch gut, aber es ist ein Geruch, der traurig macht. Neben dem Rauchfang war der Spültisch. Als ich hier eintrat und einen musternden Blick um mich warf, waren meine Augen sofort auf diesen Spültisch gefallen. Auf dem untersten Brett war mir mitten unter den dicken irdenen Näpfen und den Tellern mit abgestoßenem Rand eine hübsche kleine Porzellantasse aufgefallen, etwas Zartes, Zierliches, blau mit weißen Punkten, eine Jungmädchentasse. Sie stand umgestülpt, das Unterteil nach oben, auf ihrer Untertasse, wie sich's für saubere Tassen in einem ordentlichen Haushalt gehört. Das hatte mir einen Stoß gegeben; die Nase in meinem Teller, mußte ich daran denken, und ich schüttete einen Löffel Suppe nach dem andern auf einen bittern Kloß, der mir im Halse saß.

Unterdessen lachte Saturnin, wie ich euch sagte.

Der ganze Mensch war nur ein Lachen und weiter nichts, oder vielmehr, es war wohl einmal ein Lachen gewesen, ein frohes, helles Lachen, weil es schön ist, weil der Himmel tiefblau ist; denn es gibt Menschen, die das Leben wie einen Obstgarten im Mai mit wehenden Blüten sehen. Es war wohl einmal ein Lachen gewesen, denn im Augenblick war es das eigentlich nicht. Es ist schwer, euch das zu erklären, aber ich will's versuchen. Nehmt an, da wäre ein frohes, helles Lachen, und plötzlich, da gefriert es wie Wasser. Nehmt das einmal an. Es ist gefroren, weil auf einmal etwas geschehen ist, was das Lachen zu Eis erstarren macht, und das Lachen ist gefroren, steht wie ein Wasserklotz. Dann vergeht die Zeit, und das warme Leben kehrt wieder, das eigensinnige Leben, das nicht weiß, was da draußen los ist: warm und stetig fließt es im Blut und kümmert sich um keinen Kummer. Das warme Leben kehrt also wieder, und das ist das Tauwetter: das Lachen fließt von neuem, aber es ist trüb, getrübt wie Wasser, das gefroren war und auftaut. Das ist es.

Saturnins Lachen war im Grunde nicht so gar anders als die langgezogene Jammermiene des Bauern und die Tränen der Mama Philomene.

Es verschlug mir den Appetit.

Da sitzt nun der Bauer vor mir mit seinem kaputten Arm in der roten Binde, und der Schmerz in seinem Arm und der Schmerz in seinem Innern fraßen wie Ratten an seinem Fleisch. Daneben hatte sich die Bäuerin gesetzt, nachdem sie ihre Suppenkellen ausgeteilt hatte. Unter den Augen hatte sie zwei lange Rinnsale, in denen die Haut von Tränen wund war, und auch ihre Lider waren wund und rot. Sie benutzte die Tränen reichlich, um ihren Kummer zu erweichen.

Und plötzlich platzt da der Saturnin heraus.

Der Bauer hebt den Kopf, sein Auge denkt an was anderes.

Mama Philomene seufzt.

Die Löffel klirren, Saturnin beißt sich auf die Lippen und sieht aus, als ob er sagen wollte: Das ist keine Aufgabe für dich; siehst du nicht, daß sie Kummer haben; wie lange willst du hier noch den Narren spielen? Und darauf ein

Lachausbruch, daß er, um ihn zu ersticken, sich den Anschein geben muß, als huste er in seine Serviette.
Ich hatte schließlich solches Mitleid mit allen dreien, daß ich meinen Teller wegschob:
»Guten Abend, alle miteinander.«

5

Gleich morgens um fünf harke ich die Tenne sauber, bohre das Loch und gehe auf die Suche nach einem Pfahl. Alle Welt schlief noch. Auch La Douloire schlief. Die Häuser, diese Höfe, die so allein inmitten schlechter Erde stehen, leben ihr Leben für sich.
Ich sage: diese Höfe; die andern, die fetten, leben auch, aber wie Dickwänste, die einen Bauch von fünfzig Kilo auf ihren Beinen zu schleppen haben; ein Leben ist das, nicht für drei Groschen interessant: sie rülpsen, bilden sich was auf ihren Appetit ein und schinden das arme Volk mit ihren Ansprüchen von reichen Leuten. Die armen Höfe haben viel mehr Würze. Sie verstecken sich hinter Erlenhecken, als ob sie sich schämten, und geht man vorüber, bieten sie den freundlichen Anblick eines Rosengitters oder einer schönen Glyzine dar, nicht mehr; und die Feldblumen fühlen sich ringsumher wohl und brauchen keine Angst zu haben.
Das mag ich gern.
La Douloire schlief, und in ihrem Schlummer zeigte sie ihren armen Bettelleib. Es war keine Pracht.
Ich brauchte jetzt einen guten, recht festen Pfahl als Achse für die Trommel. Ich durchstöberte den ganzen Schuppen, drehte mich immer um mich selbst wie ein dicker Hammel im Verschlag: nichts und wieder nichts. Schließlich gebe ich es auf; ich nehme meine Axt, um mir einen schönen, recht geraden Ast, dick wie mein Schenkel, im Weidenwäldchen am Flußufer abzuhauen; ich ramme ihn mitten in der Tenne ein, stütze ihn mit schweren, gut ausgesuchten Steinen, und fertig.

Wirklich, es sah recht gut aus, wie eine Fahnenstange ragte der Pfahl in den Morgen. Mir war, als hörte ich alles Federvieh im Umkreis schnattern: Schau an, in La Douloire wollen sie endlich dreschen; sie tun schon recht, sich dranzumachen; ist da was geschehen?
Jawohl, meine Lieben, es ist etwas geschehen; da steckte der Amadeus dahinter. Wenn ich mit ganzem Herzen an eine Sache herangehe, dann heißt es biegen oder brechen. Und ich war mit ganzem Herzen herangegangen, jawohl, aus einer Menge von Gründen, die mir in dieser Nacht als Kopfkissen, Decke und Federbett gedient hatten. Allein davon will ich später reden.
So eifrig war ich dabei gewesen, daß, als der Bauer hinzukam, alles wie ein Faßreifen rund um die Tenne aufgebaut war: die Garben, der Ventilator, die Tücher, die Säcke für das Korn, alles bereit zur Schlacht mit dem Maultier und mir als Soldaten.
»Bist ja ein Tausendkünstler«, sagt er und tut einen Pfiff vor Zufriedenheit.
Er wendet sich ein wenig hierhin und dorthin, um meine Arbeit in Augenschein zu nehmen, und wie er mir im Rücken steht, berührt er mich an der Schulter; ich drehe mich um: er streckt mir die Hand entgegen. Es dauerte einen kleinen Augenblick, bis ich begriff, daß er sie mir drücken wollte:
»Trägst es mir nicht nach?« fragt er.

Ihm nachtragen? Was glaubt ihr wohl, ach, du meine Güte! Seit der Abendsuppe war ich, durch diesen wütenden Kummer, wieder an meinem alten Leiden erkrankt: dem Helfenwollen.
Seht ihr, wenn ich reich gewesen wäre, ich hätte meine Groschen nicht in Zigarren mit Ringen und in Mützen aus Hirschleder angelegt. Nein, ich, ich hätte meine Zeit darauf verwendet, mich zu kurieren. Die Zwanzigsous- oder die Fünffrancsstücke, die man nach rechts und links austeilt, wenn man reich ist, machen nicht viel aus, und es stiftet

doch Gutes in dieser traurigen Welt; es steckt der Stunde eine kleine Blume ins Knopfloch; ihr ahnt nicht, was das ausmachen kann.

Ich habe wahrhaftig nicht oft gegeben, denn neunmal von zehn hatte ich selber nichts, aber ich habe meine Arbeit hergeliehen oder mit meinen beiden Händen geholfen. Dann wurde mir warm und wohl unter meinem Fell auf der Brust; manchmal sogar, da . . ., also kurz und gut, es ist eine Schwäche meines Charakters, und die hat mich schon zu solchen Streichen angestiftet, daß ich mich ihrer nicht zu rühmen habe.

Dieser verfaulte Hof und die drei da drinnen –, auch Saturnin, wenn man näher zusah –, diese drei, die immer nur in die Glut ihres Kummers bliesen, das hatte die ganze Nacht in mir gebohrt. Ich hatte mir gesagt: Amadeus, wenn du nicht so ein gottsjämmerliches Schwein wärst, dann würdest du diesen drei Tröpfen einen Dienst erweisen: mach ihnen die Drescharbeit. Der Bauer hat einen zerbrochenen Arm, sie werden das Getreide in Garben verkaufen müssen, und das bringt nichts ein. Mach ihnen ein bißchen Geld.

Ich war sogar ziemlich in der Klemme, wenn ich so sagen darf. Das reimte sich schlecht mit der Hauptsache zusammen, die doch darin bestand, dem Albin einen Dienst zu erweisen. Wie es für den stand, hatte ich im Handumdrehen klar erfaßt: keine Tochter da, also schlimme Nachrichten.

Spät am Vormittag, nachdem ich zwei schöne Tennen voll gedroschen hatte und gerade einen dicken Sack sauberen Korns zusammenband, kam ich so ungefähr mit allem ins reine.

Unangenehme Dinge kommen immer noch früh genug. Der Albin wollte ja bis Mitte November da oben auf mich warten; ich kannte das Haus, er war da gut aufgehoben. Er konnte ebensogut sein Urteil so spät wie möglich erfahren; dann hatte ich Zeit, mich mit der Arbeit hier so einzurichten, bis der Arm des Bauern wieder heil war. Ich machte

meinen Plan: zum Dreschen würde ich zehn Tage brauchen; dann würde ich das Korn einbringen, die Miete aufbauen und das bißchen Trauben schneiden. In einem Monat würde der Wein reif sein, und dann hatte ich noch vierzehn schöne Tage vor mir.
Für einen allein ist das viel Arbeit, werdet ihr sagen; ja, aber auch die andern hatten Mut bekommen, als sie mich wie einen Teufel schuften sahen, sie gingen auch daran, was hast du, was kannst du. Wenn das Maultier einschlief, nahm Saturnin die Leine und kitzelte es freundlich wach. Dann bückte er sich, um unterm Stroh zu wühlen und eine Handvoll Körner hervorzuziehen; er ließ sie durch seine Finger laufen, um ihr Gewicht zu prüfen, und lachte. Aber hier hatte sein Lachen nicht mehr jenen häßlichen Ton; man konnte denken, er lache über seine schöne wiedergefundene Tätigkeit. Der Clarius fuhr, trotz seines verstümmelten Armes, mit der Forke drein, ohne die Zähne auseinander zu tun, und um zehn Uhr rief Mutter Philomene fast wie ein ganz natürlicher Mensch: »Die Suppe ist fertig!«
Es war zu schön!
Am zweiten Tag, da verdreht der Clarius nach einer Stunde Arbeit in der Sonne die Augen und fällt auf das Stroh nieder; glücklicherweise nicht auf die Seite mit seinem schlimmen Arm.
Ich packe ihn wie einen Hampelmann und trage ihn auf sein Bett. Das Maultier war kurzerhand stehengeblieben. So ein Tier macht sich gleich alles zunutz.
»Treib ihn an«, rufe ich dem Saturnin zu, »vorwärts, daß es dampft!«
Ich bleibe bei Mama Philomene.
Der konnte man unmöglich noch mehr Unglück aufpakken, als sie so schon hatte: es schwappte über.
Beim Mittagessen beschlossen sie und ich –, der Mann ächzte in der Nebenkammer –, daß sie ihn am nächsten Morgen in die Stadt schaffen sollte, um zum Arzt zu gehen.
Am nächsten Morgen stehe ich früh auf, striegle den

Maulesel und richte das Geschirr. Punkt sechs Uhr kommt Mama Philomene in den Stall. Sie hatte sich ein bißchen hübsch gemacht. Die Stadt ist kein Ort, um seinen Schmerz ungestört auf dem Gesicht zu tragen; da gibt's viel Leute, die reden dies und das, und man hat seinen Stolz; besser Neid als Mitleid erwecken. Sie hatte vor allen Dingen ihre schöne schwarze Perücke aufgesetzt, den Scheitel fein gezogen und so glatt gekämmt, daß nicht ein Härchen abstand, wie sich's für eine ordentliche Hausfrau schickt; und ihre seidne Taille hatte sie angezogen, ihren weiten grauwollenen Rock und am Gürtel eine Jettschnalle.

Wäre ich zum Lachen aufgelegt gewesen, hätt' ich gesagt: »Bäuerin, ihr habt ja im Schrank das Unterste zuoberst gekehrt«, aber ich brauchte sie bloß so verjüngt in dieser Aufmachung vor mir zu sehen, um an die andere, die vom Albin, zu denken, und ich senkte die Nase auf die Deichseln herab. Ich spürte, sie kam, um mit mir zu reden, und sie begann auch:

»Ich bin recht froh, mein Junge«, sagt sie, »daß ich dich einen Augenblick allein spreche; hör zu, ich habe dir etwas zu sagen.

Schau aber vorher einmal nach, ob er nicht hinter der Tür steht.

Nein? Gut.

Also erstens einmal bist du ein braver und pflichtbewußter Mensch, es tut meinem Herzen wohl, daß du da bist. Aber das ist nicht die Hauptsache: ich will dir ein Wort über unsere Art hier auf dem Hof sagen, damit du nicht etwas glaubst, was nicht stimmt.

Wir reden wenig, aber das ist nicht Hochmut. Er hat dich mit vorgehaltener Flinte empfangen, aber das ist nicht Bösartigkeit.

Er flucht und lästert Gott den lieben, langen Tag . . ., weil man nicht mehr weiß, wo einem der Kopf steht; wir sind arg unglücklich. Das Unglück ist wie ein Wespenschwarm um ihn herum.«

Sie faßte an ihre Brust.

»Mir liegt es hier wie ein schwerer Stein, siehst du, und er erdrückt mich ganz.
Es bringt uns um, mein armer Junge.
Wenn ich einmal mit der Schöpfkelle in der Hand stehenbleibe oder wenn ich dir nicht richtig auftue, mußt du's mir nicht nachtragen; dann hol dir selbst was aus dem Topf, bediene dich, als ob du zu Haus wärst. Wenn ich dir mal im Feld oder beim Haus begegne und ohne eine Silbe an dir vorbeigehe, denk nicht, daß es Hochmut ist, das würde mir leid tun; denk dir, ich suche einen Ort, wo mein Kummer etwas Ruhe findet.«
Mir wurde so schwer von diesen Worten, daß ich das Loch für die Schnalle am Bauchgurt nicht mehr fand. Sie setzte noch hinzu:
»Ich hatte immer soviel Gefallen an allem, was sauber und klar war, im Reden wie im Denken ...«
Es schien mir, als würde sie mir nun auch die ganze Geschichte von der Angèle erzählen, und das hätte ich wahrhaftig nicht mitanhören können, ohne ihr meinerseits meinen ganzen Sack auszukramen. Aber sie hielt inne, um ihr Klagelied in ihrem Innern ein wenig fortzuspinnen. Dann sagte sie noch:
»Und was Clarius angeht, da sei ein wenig nachgiebig, bitte ich dich; leg dir ein für allemal eine Entschuldigung für alle Grobheiten zurecht, die er dir sagen wird, und mach die Ohren zu. Er ist der beste Mensch in der ganzen Gegend. Es gab eine Zeit, sie liegt noch gar nicht so fern, da kam man mit Vergnügen zu ihm. Hilfsbereit wie kaum ein anderer, immer zur Stelle, wenn es galt, irgendwo eilig das Heu einzubringen oder bei einem Toten zu wachen. Als man bei den Roumanières den Sohn aus dem Brunnen herausfischen mußte, in den er gesprungen war, weil er eine schmutzige Krankheit erwischt hatte, da ist er am Seilende hinuntergestiegen, er allein hatte den Kopf oben behalten. Zwei Männer mußten Mariannette halten, die Mutter, die wie eine tolle Eselin nach allen Seiten ausschlug; und er allein hat sie zur Vernunft gebracht, unter vier Augen in der

großen Küche bei den Roumanières, nur durch sein sanftes und richtiges Zureden, und sicher ist dadurch ein zweites Unglück verhütet worden ... Jetzt sind wir an der Reihe, und es geht über seine Kraft. Manchmal habe ich Angst, er könnte schlecht werden, aber siehst du, du mußt dir immer nur das eine sagen, denn es ist die Wahrheit, ich kenne ihn durch und durch: wenn er Böses tut, dann möchte er Gutes tun, er kann es nur nicht mehr. Er wird von einem Wind getrieben, er hört alles quer, er macht alles quer. Man darf's ihm nicht nachtragen, im Grunde ist er gut.«

Wieder hielt sie inne, und es blieb lange still zwischen uns. Dann fragte sie: »Bist du fertig?«

»Ich bin fertig, Bäuerin«, gab ich zur Antwort, »und wegen der Angelegenheit, da macht euch keine Sorgen.«

Der Bauer wartete vor der Tür, ich führte das Gespann am Kopf hin, die Bäuerin folgte hinterher. Er stand und stützte seinen gebogenen Arm in dem roten Tuch; die Hand, die aus dem Leinen herausschaute, war lila und geschwollen wie eine Treibhausblume. Sein Willkommensgruß war ein hundsgemeiner, schweinischer Fluch, wobei der liebe Gott auch sein Teil abbekam, dann sagte er zu seiner Frau:

»Du willst wohl, daß ich verrecke; dir ist's egal, ob ich Schmerzen habe, daß ich nicht mehr weiß, wohin mit mir; seit einer Stunde sollte alles fertig sein. Und der da, der kann sich auch ...«

Sie warf mir rasch einen Blick zu, der nicht verlorenging. Er stieß sie mit der gesunden Hand und schubste sie gegen den Wagen. Er selber drehte sich zur Tür, zog sie an sich, schloß mühsam zweimal herum und steckte den großen Schlüssel in seine Jackentasche.

Die Bäuerin saß schon auf dem Bock; sie half dem Bauer einsteigen. Wie ich ihm auch von hinten nachhelfe, treffen sich unserer beiden Blicke, ihrer und meiner, und sie sagt: »Das ist Sitte bei uns, mein Junge; wenn der Bauer weg-

geht, schließen wir La Douloire ab; das ist kein Mißtrauen, es ist Sitte bei uns, frag Saturnin. Ich habe das Mittag für euch beide im Korb zurechtgestellt, ihr könnt es unter den Bäumen oder in der Scheune essen.«
»Was hast du da groß zu erklären«, schimpfte Clarius, »es ist so, und damit gut. Wenn es ihm nicht paßt, soll er gehen!«
Sie hatte die Zügel ergriffen, und da sah ich es auf einmal klar vor Augen. Das war nicht mehr das schöne, feste und feine Mädchen und das schöne Rassepferd; jetzt war da die alte Mama Philomene mit ihrem ganz verhärmten Gesicht und das Maultier, das sich langsam auf dem weichen Grasweg in schlappen Faulenzertrab setzte.
Gute Arbeit hatte der Louis geleistet, daß muß man sagen!

Nachher bemerkte ich, daß außer der Tür auch die Fensterläden fest von innen verrammelt waren und daß das Haus da vor mir nur noch ein steinerner Block ohne Öffnung war.
»Da ist nichts für dich zu holen«, sagt Saturnin zu mir, »sie machen es immer so.«
»Na, das finde ich nicht anständig«, gebe ich zur Antwort; »so was hab' ich noch nicht erlebt; hat er vielleicht Angst, daß man ihm seine Treppe klaut? Das sind doch keine Manieren!«
»Ich will dir sagen«, fängt er an ..., und bleibt dann mit seinen Worten in der Luft hängen, »ich will dir sagen ...«, und schließt: »Komm, wollen nachsehen, was wir zum Mittagessen haben.«
Vom Dreschen konnte an dem Tag natürlich nicht mehr die Rede sein, da das Maultier weg war. Ich maß das schon ausgedroschene Korn, und der Ertrag schien mir recht angemessen zu sein. Dann setzten wir uns, der Saturnin und ich, in den Schutz des Schuppens und öffneten den Korb.
Die Bäuerin hatte es recht gemacht: ein handfestes Stück Schinken, einen Eierkuchen und zwei Liter Wein von einer ganz herrlichen Farbe.

Da war's begreiflich, daß Saturnin lachte.
Von diesem Lachen abgesehen, das in Anfällen über ihn kam, war es auch sonst mit seinem Benehmen nicht weit her. Er fraß drauflos, ohne ein Wort zu reden. Ich dagegen denke beim Essen an eine Menge Sachen, und dieses sorgfältige Abschließen der Bude kam mir komisch vor. Ich schenkte dem Freßkünstler ein, ohne meinen eigenen Liter zu schonen: ich hatte so meine Idee.
Als er zu grunzen anfing wie ein kleines Ferkel (ich war nüchtern und trocken wie ein Haferkorn), dachte ich mir: Gleich hast du ihn, er wird sein Liedchen singen.
»Sie haben also Unglück gehabt, der Bauer und seine Frau?« frage ich so obenhin mit meiner einfältigsten Unschuldsmiene.
»Du kannst sogar sagen«, antwortet er mir, »daß sie nichts anderes gehabt haben seit einiger Zeit.«
»Seit lange?«
»Ja, ziemlich lange, schon zu lange.«
Ich war damit nicht sehr viel klüger als zuvor.
»Ich weiß ja nicht, ob es daher kommt«, sage ich, »aber der Bauer ist ein ziemlicher Grobian.«
»Es kommt daher. Du hättest ihn kennen sollen vor ..., ich meine früher ..., da hättest du gesagt, er ist der beste Mensch; denn das war er. Das ist er noch: den Korb da, siehst du, den hat er zurechtgemacht, während du angespannt hast. Das war so ein Mann, daß man von der andern Seite des Berges kam, um ihn zu holen, wenn es galt, Familienstreitigkeiten einzurenken, solche Sachen, weißt du, die nicht stimmen, so Geschichten zwischen Brüdern, verstehst du, Erbteilungen, wo keiner auf die Kosten kommt, oder auch, wenn ein Mädchen etwa ...« Er hielt inne und verstummte, ohne zu lachen. Das wirkte ganz sonderbar. Er erhob sich, er zitterte etwas auf den Beinen, weil er zuviel getrunken hatte. Ohne sein Lachen glich er jetzt einem trübseligen, verschrumpelten Apfel, der ganz allein am Ende eines Astes mitten im Winter an einem völlig kahlen Apfelbaum sitzt. Er hielt sich noch schlechter

als Clarius, noch schlechter als Mama Philomene; er war der Traurigste von den dreien. Er balancierte mit den Armen, bis er im Stroh das Gleichgewicht wiedererlangt hatte und ging hinaus.
Nun ja, jetzt verstehe ich diesen alten Knaben. Dieser Knecht vom alten Schlag, vielleicht ein Herumtreiber wie ich, hatte endlich seinen Platz gefunden, er gehörte mehr zur Familie, als wenn er vom gleichen Fleisch und Blut gewesen wäre.
Er trug schwer mit am Kummer der Familie. Was jenen andern beiden ins Herz schnitt, das schnitt gleichzeitig auch in das seine.
Und trotzdem war er nichts; er war der Saturnin. Man konnte zu ihm sagen: Da hast du deine Abrechnung, Saturnin, wir brauchen dich nicht mehr, scher dich fort. Er war nichts. Ja aber: als er merkte, daß der Wein und ich miteinander ihn wohl zum Sprechen bringen würden, da ist er aufgestanden, da hat er seine Arme wie Taubenflügel ausgespannt und ist gegangen.
So liebe ich die Menschen. Es gibt wohl noch ein paar von dieser Art hierherum. Das tröstet über die übrigen.

6

An diesem Nachmittag war natürlich nicht mehr daran zu denken, daß ich den Saturnin noch einmal zu fassen bekäme. Ich sah ihn ganz weit hinten in der Tiefe des Obstgartens, er starrte ins Geäst der alten Bäume, und als ich Miene machte, auch dorthin zu kommen, entfernte er sich, wie ein Enterich watschelnd, auf das Weidengehölz zu.
Das Korn war, wie ihr euch denken könnt, bald verlesen und gemessen, wir hatten ja kaum einen Tag gedroschen, und auf eine andere Arbeit war nicht zu zählen. Um diese Jahreszeit gehört jede Stunde dem Korn; ich saß also da und betrachtete meine Tenne; für eine Tenne wurde sie dem künstlerischen Geschmack durchaus gerecht: federnd für

den Fuß, hart für die Ährenbündel, sah sie mit ihrer akkuraten Rundung und ihrer Last von Stroh und Körnern recht zufriedenstellend aus.

Das war mir geglückt.

Ich überlegte auch, an was die Tenne inmitten dieser kargen Erde erinnerte: an einen Strauß.

Dann sah ich mir das Haus an; das Haus in Stein, die Mauern und die Dachziegel, das Holz der Fensterläden und der Türen, alles das gut zusammengefügt, fest geschlossen um die schwarze Luft da drinnen, und ich konnte und konnte nicht begreifen, warum das alles so gut verschlossen war, warum man die Luft im Innern so vor unsern Händen und unsern Augen in Sicherheit gebracht hatte.

Gegen Abend höre ich das Glöckchen vom Maulesel und sehe das Gespann, das im Schritt in den Weg auf La Douloire zu einbiegt. Der Arm des Bauern war zwischen kleine Brettchen eingebettet worden, gerad wie in einen Sarg.

»Jetzt wirst du das Haus führen, mein Junge«, sagt die Bäuerin. »Wir haben versprechen müssen, daß mein Mann für einige Zeit nichts anrühren wird.«

Es war richtig ein toter Arm, begraben in einem Sarg; nur mit dem Unterschied, daß ihn der Bauer, statt ihn in eine Grube zu versenken, in einer Binde trug, aber im Grunde war es doch ein toter Arm.

Er hatte das auch begriffen, denn als er mir die Zügel zuwarf, sagte er in einem freundlicheren Ton:

»Da, nimm.«

Was nun die Tochter angeht, so war ich zu der festen Überzeugung gekommen: sie war weg, ein für allemal, und für die drei hier und für den andern, der auf mich wartete, war nichts Frohes mehr zu erhoffen.

Es war jämmerlich, das zu denken, aber was tun? Ich hatte nun die Absicht, solange Clarius krank sein würde, die Wirtschaft auf dem Hof zu führen, so gut ich's konnte, um mich von meiner verfluchten Krankheit, unter den

Schmerzen der andern zu leiden, zu kurieren. Ich würde mir – so spät wie möglich – einen Tag frei nehmen, um den Albin zu benachrichtigen, dann würde ich wiederkommen, meine Arbeit beenden, und wenn dann der Arm des Bauern wieder lebendig geworden war, würde man auf gut Glück weiter sehen.
Das war nicht besonders erfreulich, wie ihr seht.

Zu diesem Zeitpunkt aber geschieht eine ganz winzige Sache, ein Nichts, das mich erschüttert und mir zuruft: »O Amadeus, bist du ein Trottel!« und ich stehe bebend da, mit der Hoffnung in der Faust, wie ein Jäger, der einen Hasen gefangen hat.
Eines Morgens nämlich komme ich in die Küche, um meinen Kaffee zu trinken. Da muß ich euch zuerst folgendes erklären: wenn ich ums Morgenrot aufstand, schlief Mama Philomene noch; ich schlich dann leise hinunter, öffnete die Tür, die Fensterläden vor der Küche, machte Brennholz klein und ging hinaus an meine Arbeit. Sie hatte sich angewöhnt, mich zum Dank dafür gegen sieben Uhr zu rufen, um mir eine Schale heißen Kaffee zu geben. Ich komme also an diesem Morgen in die Küche –, sie hatte mich allerdings nicht gerufen –, aber es war so sehr die Regel, daß ich um die gewohnte Stunde jetzt immer Kaffeedurst hatte. Ich trete also in die Küche; es war niemand drin. Daß niemand da war, bemerkte ich erst, als ich schon mittendrin stand und im Begriff war, mich an den Tisch zu setzen. Und plötzlich sehe ich etwas, daß mir, ohne daß ich vorerst begreife warum, der Kopf wie ein Wasserrad herumgeht.
Da, auf der Ecke vom Tisch, da steht die kleine blaue Porzellantasse, die kleine Jungmädchentasse.
Sie ist eben benutzt worden.
Auf dem Grund ist noch ein wenig Milchkaffee und so etwas wie Brotkrümel. Ich sage euch, der Kopf geht mir herum, ohne daß ich begreife; das große Nachdenken ist erst später gekommen, vorläufig war es wie eine Tür, die

sich vor mir auftut, eine Tür, die sich vor einer ganz gewaltigen Weite auftat.
Ich stehe und starre auf die Tasse, und sie prägt sich tief in meine Augen ein. Ja, das kann ich wohl sagen, ich sehe sie noch heute vor mir so wie sie war.
Da steht sie ganz allein wie eine Blume auf der Ecke des Tisches. Der Tisch ist leer und glatt, doch ich erinnere mich, auf der andern Ecke lag ein Stengel Schnittlauch. Seht ihr!
Hinter mir geht eine Tür auf: es ist die Kellertür. Mama Philomene kommt heraus. Sie trägt die Untertasse der blauen Tasse in der Hand, und auf der Untertasse liegt ein Kanten Brot.
Wir verstehen einander mit zwei Blicken.
Der meine sagt: »Was ist das, was ist das?« ... und will vielleicht den harten Kloß herausschreien, der da plötzlich in meiner Brust geronnen ist. Aber der ihre sagt sehr rasch, sehr traurig: »Nichts, es ist nichts, es ist so, aber es ist nichts.«
Es ist zum Staunen, wie man so ohne alles lügen kann!
»Ach ja, deinen Kaffee, ist ja wahr«, sagt Mama Philomene.
»Laßt nur, ich habe Zeit«, gebe ich zur Antwort.
Weiter nichts.
Ich gieße, die Augen auf die blaue Tasse geheftet, meinen Kaffee so kochend heiß hinunter, daß ich mir fast die Gurgel verbrühe. Dann kommt Mama Philomene, nimmt ganz sacht, so nebenbei, die Tasse vom Tisch und trägt sie verstohlen unter ihrer Schürze zum Spültisch. Weiter nichts, aber als ich hinausgehe, höre ich alle Osterglocken mir im Kopf läuten.
Ich war an diesem Tag im Schuppen mit dem Schwingen des Korns beschäftigt, da das Wetter zum Schlechten umzuschlagen schien. Und ich begann, auch meine Gedanken über die Tasse ein bißchen mitzuschwingen.
Laß sehen: der Bauer? Der hatte die Gewohnheit, zum Frühstück etwas Kräftiges zu essen, Zwiebeln und Sardi-

nen, oder von jenem Käse im Topf, der so riecht, wenn man den Deckel aufhebt, daß man sich fragt, ob man in etwas hineingetreten ist. Er konnte es nicht sein, seine Schnauze war wirklich nicht danach gemacht.
Mama Philomene war schon eine andere Sache, die näher untersucht werden mußte. Sie trank zuweilen Kaffee mit Milch gemischt, allerdings aus einer Schale, die so groß wie ein Fußbad war, aber die Tatsache stand fest: sie trank welchen. Nur dieser Morgen war eine Ausnahme. Ich meine: für die blaue Tasse kam sie auch nicht in Betracht, denn während ich meinen Kaffee trank, hatte sie ihre Schale hervorgeholt, ihre Brotschnitten eingebrockt und sozusagen vor meinen Augen gefrühstückt.
Die beiden fielen weg.
Blieb Saturnin. Nun, wenn mir jemand gesagt hätte: »Es ist Saturnin, der trinkt aus der blauen Tasse«, dann hätte ich geantwortet: »Fehlt dir sonst noch was?«, und hätte steif und fest behauptet, daß das unmöglich zusammenpasse; allein die Sache war zu heikel, um sie mit einem Schlage zu entscheiden und mich in Vermutungen zu stürzen, die fix und fertig und gar nicht heiter, kann ich euch versichern, aber doch mit kleinen Hoffnungsblättchen gespickt, vor mir auftauchten.
Hin und wieder sagte ich mir: »Und schließlich, warum nicht er? Wenn es nun einmal die für ihn bestimmte Tasse ist?« Und dann sagte ich mir wieder: »Du Kürbiskopf, das glaubst du doch selber nicht! Saturnin – die blaue Tasse? Dann müßtest du für dich zum Beispiel mindestens eine Tasse aus Gold haben!«
Ich halte euch auf mit diesem Tassenunsinn, allein diese Sache hat die ganze Lösung herbeigeführt, denn, versteht mich recht, hätte ich an jenem Morgen gewartet, bis Mama Philomene mich zum Kaffee rief, und wäre dann erst in die Küche gekommen, dann hätte die Tasse schon wieder fein säuberlich auf dem Brettchen überm Spültisch gestanden, und das wäre zum Unglück für vier Menschen geworden. Für vier? Was sage ich? Zum Unglück für fünf, für

fünfeinhalb, ja, für sechseinhalb, wenn ich mich mitzähle! Ihr begreift also! Das Halbe macht euch stutzig? Ihr werdet es gleich verstehen.

Saturnin kommt, um die Säcke mit Spreu wegzuholen.
»Sag mal«, werfe ich so hin, »was frühstückst du am Morgen?«
Darüber muß er lachen.
»Nein, sag doch, was trinkst du, Milchkaffee in einer Tasse?«
Er ließ seine Lache bis zum letzten Tropfen auslaufen.
»So seh' ich aus, nach Milchkaffee«, antwortet er endlich. »Junge, ich hab' von Jugend an die Gewohnheit: ein Glas Wein und einen guten Priem. Sieh mich an, das hält den Magen gesund.«

Trottel!
Trottel, der ich bin! Und darüber komme ich den ganzen Morgen nicht weiter! Also, – und das war im Nu gedacht, sehr viel schneller, als ich's hier sage: also es ist nicht Clarius, ist nicht Philomene, nicht Saturnin, noch bin ich es... Die Tür tut sich noch weiter auf, ich sehe alles vor mir... Das heißt also, daß außer uns sich noch jemand auf La Douloire befindet!
Das ist es! Und ich sehe den Blick der Mama Philomene, wie sie vom Keller kommt mit ihrer Untertasse und dem Brotkanten
Angèle!
Die Tochter; sie ist da.
Da hätte ich bald was Schönes angerichtet!
Das wäre etwas gewesen, wenn ich hier alles hingeschmissen und ganz kleinlaut zum Albin hinaufgestiegen wäre.
Ihr seht, woran so etwas hängt.
Ihr seht, woran so etwas manchmal hängt!
Um so mehr, als nun auch mancher dunkle Punkt sich sonnenklar aufhellte: das erklärte das abgeschlossene Haus und den verschlossenen Mund vom Saturnin. Und was das

Warum betrifft, auf die Frage ist jetzt auch leicht antworten, denn ihr wißt es ebensogut wie ich: die Leute hierherum sind sehr empfindlich in ihrem Ehrgefühl und für ihren guten Ruf. Wenn ein Mädchen davongeht, und noch dazu mit einem solchen Lümmel, dann wird geredet und der Zeigefinger gehoben. Dann heißt es: »Die Tochter vom Barbaroux, ihr wißt doch ...«

Wenn sie ein für allemal verschwindet, das geht noch an, dann bleibt man mit seinem Unglück allein, es sitzt innen und niemand sieht es; aber wenn sie wiederkommt!

Gewiß, es ist trotzdem die Tochter, besonders für die Mutter, und ein Kuß auf die Backe tut immer wohl, aber ... aber dann heißt es: »Die Frauen machen mit dem Barbaroux, was sie wollen. Du weißt doch, die Tochter ist jetzt ...«

Und die weichherzigen Männer, die sind dann alle so: man packt die Tochter am Arm, renkt ihn ihr aus, man pufft sie, ohrfeigt sie und stößt sie mit einem Tritt in den Hintern in die Kammer. Man dreht den Schlüssel um, und dann verzehrt man sich in Gram und Bitterkeit vor der verschlossenen Tür. So ist das.

Ich sehe das nicht zum erstenmal.

Ihr auch nicht, nicht wahr?

Ihr habt wohl davon reden hören, daß der Séguirand, auf dem Hof von En-chau, auf solche Weise seine Schwester eingesperrt hatte. Als er tot und begraben war, wie sich's gebührt, und man von keinen näheren Verwandten wußte, außer jener Clairette Séguirand, die, wie es hieß, mit den hübschen Apfelbacken ihrer zwanzig Jahre davongeflogen war, und von der niemand ahnte, daß sie auf En-chau im Hinterzimmer eingeriegelt saß, sperrt man das Haus zu und geht fort. Kennt ihr En-chau? Nein? Nun: es liegt am Abhang des Berges nach Banon zu, in einem Einschnitt unter Eichengrün und Zypressen, und um es zu sehen, muß man wissen, daß es da liegt.

Es vergehen zwei Jahre, vergehen drei Jahre, bis einer aus Aix, der einen Jagdgrund suchte, En-chau für den Herbst mietet. Er richtet sich als Junggeselle da ein, mit zwei Gesellen aus den Penninischen Alpen, mit Freßvorräten und zwei Lüderdirnen als Ersatz für seine Frau. Man kennt die Jagdgewohnheiten solcher Herren, es ist immer dasselbe. Ihr könnt euch das Treiben vorstellen. Um Mitternacht steigt die besoffene Kreatur die Treppe hinauf, die Männer halb ausgezogen, die Weiber, die sich vor Lachen auf jeder Treppenstufe naß machen, nackt. Wie sie nun die Zimmertür aufstoßen, fällt die Clairette Séguirand, völlig vertrocknet, von allem Fleisch entblößt wie ein Knöchelspiel, der Länge lang auf den Boden hin. Mit ihren Nägeln hatte sie sich ins Holz der Tür gekrallt und war, vor Hunger gestorben, da hängengeblieben.

Den andern ist das so in den Magen gefahren, daß sie davon für sechs Monate Durchfall bekamen, und einer soll sogar die Sprache verloren haben. Das wäre immerhin komisch.

Das Traurigste daran ist, daß das Mädchen sich mit einem kleinen Hirten aus Saumane vergangen hatte, der immer noch an sie dachte. Als er die Geschichte hört, hängt er sich, aus Verzweiflung darüber, daß er seine Liebste, ein Aveläuten weit von ihm entfernt, hat umkommen lassen, auf der Stelle auf.

Die Frauen, seht ihr, machen das Leben oft recht schwierig.

Um also auf unsere Sache zurückzukommen, da saß ich nun mit meiner großen Neuigkeit. Die Luft war reiner Honig geworden und La Douloire viel freundlicher, seitdem ich wußte, daß in ihrer steinernen Schale der Mandelkern Angèle steckte. Ich hätte es über den Hügel schreien mögen, damit der andere, der da oben bei Esménard die Ferkel fütterte, von seinem Unglück abließe.

Es hielt bei mir den ganzen Vormittag an. Beim Mittagessen kaue ich schweigend zwischen Clarius, der über seinen Arm stöhnte, und Saturnin, dem hinter seiner Serviette das Lachen aufstieß. Und den ganzen Nachmittag kichre ich in mich hinein: »Du Einfaltspinsel du, du alter Einfaltspinsel!«

Am Tag geht das ganz gut, aber in der Nacht, da bekommen die Dinge, die man im Kopf hat, gleich mehr Gewicht. Dreh dich hin, dreh dich her, ich wälzte mich auf meinem Bett herum, als würde ich auf glühenden Kohlen geröstet. In dieser Nacht gab ich den Kampf auf und machte auf weichen Sohlen, die Arme im Dunkeln wie ein Kruzifix ausgebreitet, ganz sacht die Runde durch das ganze Haus, von der Küche bis zum Boden. Überall war es mäuschenstill.

Kaum war ich wieder in meinem Zimmer angelangt, wirft mich der Schlaf um wie mit einem Keulenschlag.

Ich kann aber noch so müde sein, mein Schlaf ist zerbrechlich wie Glas. Ich wurde durch ein Geräusch geweckt, oh, ein ganz kleines Geräusch, es vermischte sich mit den Seufzern des alten Hauses aber für gewöhnlich war es nicht da; oder hatte mich das Denken an die eine Sache empfindlicher gemacht; auf jeden Fall weckte es mich auf.

Es klang wie das Greinen eines Säuglings.

7

Hätte man mich an jenem Tag, an dem ich die Sache mit der Tasse entdeckt hatte, gefragt: »Was wettest du, daß du nun zuwege bringen wirst, was du willst?«, ich hätte beim heiligen Donnerwetter gar hundert Francs gewettet; aber in den darauffolgenden Tagen war ich viel weniger stolz, und manchmal hätt' ich nicht einen Hasenfurz dafür gegeben.

Ich hatte gut sagen: »Die Tasse ist benutzt worden, folglich ist Angèle da.«

Ja, aber, vor allen Dingen, wo?

Und dann, was änderte das schon?

Und war ich meiner Sache denn überhaupt sicher? Vermutungen sind schließlich doch immer nur Vermutungen.

Meine Hoffnung wurde auch noch dadurch gerupft wie eine Taube, daß La Douloire noch immer dieselbe La

Douloire war und blieb. Dem Anschein nach war da kein Raum für ein anderes Leben als für das des Clarius, der Mama Philomene, des Saturnin und das meine. Man spürte keinen andern Atem, nur die Schritte von diesen vier Menschen im Haus waren zu hören und keine anderen Stimmen als die unsern. Ich dachte wohl von Zeit zu Zeit an das Säuglingswimmern, das ich in der Nacht zu hören geglaubt hatte. Aber was bestand da für ein Zusammenhang? Blieb nur das eine: die blaue Tasse mit dem Bodensatz von Milchkaffee, und der Brotkanten auf der Untertasse. Allein auch diese Tasse hatte sich nicht mehr von ihrem Bord gerührt und stand stets sauber da seitdem.
Also?...
Das Wetter hatte sich auf einmal im Süden bezogen.
Jeden Tag blies der Wind in langen Stößen, die lau zum Übelwerden waren und dicke Wolken vor sich hertrieben. Nach Valensole zu stand es wie eine Art Wand von Rauch, und das bedeutete Regen.
Wenn man mit der Arbeit innehielt, hörte man von sehr weit her, hoch oben vom Plateau, Räderrollen und Rufe; selbst bei Windstille, also ging die ganze Luftbewegung von Süden nach Norden, und das ließ schweren Regen voraussehen, schweren und lang anhaltenden Regen.
In einer Nacht begann es, hoch über uns im Assetal gegen Mezèl hin, mit einem Gewitter, das den ganzen Himmel überflammte.
Wir waren schon zur Ruh' gegangen; man hörte bei uns, wie es da oben mit seinen Kanonenstiefeln die Erde zertrampelte. Ich stand auf, um den Laden festzumachen, ich drückte ihn gegen die Wand, er schlug in meiner Hand wie ein Vogelflügel. Während ich nach dem Riegel suchte, zuckte ein riesiger Blitz; ich sah die Wolken auf uns zujagen.
Am andern Morgen stieg die Durance bis über die Wiese, und auch ins Birkenwäldchen war sie eingedrungen; man hörte, wie sie an den Bäumen leckte. Es kam näher.
Bis jetzt hatten wir noch immer häßlich-trockenes Wetter

gehabt. Ich sage zum Saturnin: »Wir wollen die Zeit benutzen und die Kornsäcke auf den Speicher schaffen.« Es waren siebenundzwanzig. Nachdem sie in Sicherheit gebracht waren, mache ich eine Besichtigungsrunde, binde noch den Wagen im Schuppen fest, und somit waren wir gerüstet. Am nächsten Tag geht es, nachdem es sich nach Oraisan gewandt hatte, auf der Seite von Niozelles los. Das war uns gegenüber auf dem andern Ufer. Es war eine Hitze wie in einem Backofen. Man schnappte mit offenem Mund große Brocken glühender Luft, die man nicht schlucken konnte, ich schwitzte wie drei Braten.

In Niozelles ging das Unwetter auf nicht gewöhnliche Weise nieder; über Nacht schien der ganze Hügel verschwunden, und im Tal hing ein dicker schwarzer Barren vom Himmel herunter, der plump und schwer über die Felder vorrückte.

Auf La Douloire fiel eine Handvoll dicker weißer Tropfen, groß und lärmend wie Hornissen. Man dachte: das wird endlich abkühlen. Aber es erhöhte nur die Glut in der Luft, am Abend hatte man nicht den Mut seine Suppe zu essen, und ich leerte für mich allein den ganzen Krug Wasser, das wie Eselspisse schmeckte.

Wir wollten Regen und sollten ihn bekommen!

Zwei Tage vergehen noch, an denen der reingewaschene Himmel ein Stückchen seiner blauen Backe mit einem Sonnenbild darauf zeigte. Das böse Wetter scheint nach Lure zu und ins Oberland abzuwandern; dort grollte es noch, aber sehr entfernt.

Eines Nachmittags gegen drei Uhr sage ich mir: »Du wirst doch nicht auf ewig hier den Beschaulichen spielen und die Daumen drehen«; und ich steige am Abhang des Plateaus hinauf, um ein Bündel für die Bütte zu holen.

Ihr wißt nicht, was das ist? Das ist ein Gebinde wilder Spargelstiele, die man in den Weinbottich vor den Abfluß legt, damit die Treber nicht den Hahn verstopfen.

Ich bin kaum über die erste Anhöhe hinaus, als mir eine eisig-schwarze Kälte über das Rückgrat läuft.

Ich schaue hinauf. Fünf große Wolken jagten in wilder Eile über den Himmel hin, das war die Vorhut. Es sah noch leidlich menschlich aus, aber was dahinter kam: das war das Ende von allem, eine Tintenmarmelade, eine formlose Suppe mit jähem Donnerprallen und grell lachenden Blitzen, die stumm ihre Zähne zeigten, ehe sie losbrüllten. Ich flüchte eiligst den Hang hinunter, und auf einmal höre ich den Riesenplatzregen, der hinter mir her ist.
Dieser Lauf allein hat uns vorm Unheil bewahrt, denn er brachte mich rasch außer Atem, und so blieb ich im Schuppen. Wäre ich bis zur Tür gekommen und ins Haus getreten, dann wären wir vielleicht jetzt alle ertrunken. Alle, versteht ihr?
Wir, und auch die andern.
Wie ich mich also mit einem gewaltigen Satz, atemlos und mit offnem Mund, in den Schuppen rette, hat es mich eingeholt und auch schon überholt. Es war das Gewitter, aber das Gewitter als kompakte, fest zusammengeballte Masse, dicht wie ein Strom, ein Gewitter, das sich willkürlich bewegte, möchte man sagen, wie ein Mensch.
Ich sehe, wie eine Pappel auf dem Hof trotz des Windes, ohne sich zu biegen, ganz aufrecht zu zittern beginnt, wie sie sich dann windet wie ein Schraubenzieher und wie ein Pfeil hoch in den Himmel schießt; die Ziegel vom Dach des Schuppens flogen davon wie Rebhühner. Hagelkörner, größer als Hühnereier, fallen nieder.
Gleichzeitig mit dem Hagel und dem Regen tobte auch ein Sturm von Blättern; zentnerweise wirbelten abgerissene Eichenblätter vom Plateau durch die Luft, auch ganze Äste, die über zwei Kilometer weit angeflogen kamen.
Die Blitze schossen wie Wasserstrahlen aus der Erde. La Douloire gegenüber befindet sich in dem Felsenplateau ein schmaler Spalt, der zwanzig Meter vom Haus entfernt auf die Landstraße mündet. Plötzlich grollt es von jener Seite her wie ein Erdbeben.
Ich schnupperte hinaus. Heiliges Donnerwetter, wenn es da herunterkäme! Ich kann es euch nicht beschreiben, ihr

würdet es doch nicht glauben. Nur eines kann euch eine Vorstellung davon geben: als man an dieser Stelle die Straße nachher reparierte, mußte man Durchstiche von drei Meter Tiefe machen, um auf den Grund der Straße zu kommen, die da unten wie eine tote Schlange schlief.

Es kam herunter: Steine, Felsblöcke, Erde, wütendes Wasser.

Einen Augenblick stehe ich da, als wäre ich schon erschlagen, das folgende tue ich dann aus der Anspannung meiner Nerven heraus, ohne mir Rechenschaft abzulegen.

Ich erinnere mich gerade noch an zwei Dinge: erstens, daß ich mich im Freien befinde, und daß der Regen mich wild und schmerzhaft auf den Rücken und in die Seiten peitscht; Hagelkörner reißen mir die Backen wund, und durch das Regengitter sehe ich den Sturzbach, der auf mich zukommt, ihm voran, als Tambourmajor, ein dicker Felsblock, der den Hanswurst macht und sich auf dem Bauch wälzt.

Und dann ein trockner Donnerschlag, der mich zusammenreißt wie die Stimme des Jüngsten Gerichts, und ein sanftes Geräusch wie das Rascheln von Seide.

Es war vorüber.

Es regnete noch kräftig, aber ohne Hast. Auf beiden Seiten von La Douloire floß ein Strom von Dreck. Der steinerne Tambourmajor lag zwei Meter von mir entfernt, eingeklemmt in unsern umgekippten Schubkarren. Er teilte den Sturzbach in der Mitte durch. Er floß mit einem Rauschen wie von Seide zu beiden Seiten von uns ab.

Es scheint, daß ich den Karren vor das Gehöft gerollt hatte, zwischen zwei alte Maulbeerbäume, die dem Anprall standgehalten hatten.

Die Nacht war auf einen Schlag hereingebrochen.

Sie waren alle in der Küche, keiner gab einen Ton von sich.

Saturnin lachte nicht.

Clarius hielt seinen Arm.

Mama Philomene stand am Fenster, die Stirn eigensinnig gegen die Scheiben gepreßt, und starrte hinaus.
Als ich eintrat, wandte sie mir ihre Augen zu. Ihr Blick war rot im Widerschein des Herdfeuers.
»Eine schöne Schweinerei«, sage ich, um mir Haltung zu geben.
»Ja«, antwortet die Mutter.
Es vergeht so eine Weile, stumm, im Dunkeln.
»Was die Schweinerei betrifft«, sagt Clarius, »hast du nachgesehen?«
»Ich?« frage ich.
»Nein, du nicht, die Mutter.«
Mama Philomene verläßt das Fenster:
»Ich gehe.«
»Wenn Ihr hinausgeht, Bäuerin«, sag' ich, »nehmt Euch in acht, der Hof liegt voll abgerissener Äste.«
Keine Antwort; die Pantoffeln schlurren, dann höre ich, daß die Kellertür geöffnet wird, und Mama Philomene steigt ohne Licht hinunter, mit ihrem Fuß im Baumwollstrumpf ins Dunkle tastend.
Es dauert einen Augenblick, dann tönt die Stimme der Frau herauf:
»Clarius, komm einmal her.«
Der zieht die Türe hinter sich zu.
Nun waren bloß noch der Saturnin und ich da; es sprühten wohl noch Blitze gegen das Fenster, aber zu rasch, um die Tintenschwärze der Küche zu zerspalten. Irgendwo, in einem Winkel, mußte der Saturnin wohl sitzen. Aufs Geratewohl, ohne jede Absicht, schwöre ich euch, sage ich endlich, nur um ein bißchen Leben in diese Nacht zu bringen, die einem wirklich zuviel wurde:
»Im Keller ist sicher Wasser.«
Da höre ich in meiner Nähe den Alten, der mit seinem Lachen, daß eher ein Weinen ist, sagt:
»Nein, Kamerad, mit mir ist nichts zu machen; nein.«
Er auch, er dachte daran.
Darauf mache ich, um mich wohler zu fühlen und um

gesündere Luft zu atmen, die Tür auf und gehe hinaus in den Regen.
Und an diesem Abend habe ich sie gesehen.
Ja, an diesem Abend habe ich sie zum erstenmal gesehen, sie, die wie eine Lampe im Kopf des Albin leuchtete: Angèle, das Mädchen mit den knappen Bewegungen, die Pferdelenkerin, die Mandel von La Douloire.
Sie mußte sich sehr verändert haben. Wenn ein Apfel vom Baum fällt, gehen die Würmer heran, da ist nichts zu wollen. Wenigstens hatte ich mir ein anderes Bild von ihr gemacht, und vielleicht hatte sie früher einmal diesem Bild geglichen.
Eine Handbewegung allerdings sah ich an ihr, die der Angèle aus der guten Zeit gehörte.
Der Regen fiel draußen nieder wie ein feines Gewebe, und der Bach zu seiten der Douloire floß nicht mehr. Ich gehe ums Haus herum, und gleich fällt mir im Dunkel ein goldheller Strahl ins Auge, der die Mauer spaltet: eine halb offene Tür und Licht dahinter.
Ich mußte äußerst vorsichtig sein, um lautlos auf dem Kies aufzutreten.
Ich nahm meinen Hut ab, weil der Regen hörbar darauf trommelte.
Und ich habe sie gesehen:
Clarius hielt die Laterne.
»Komm herauf«, sagte Mama Philomene, das Gesicht über die Treppe gebeugt.
Ich höre einen leisen Schritt.
Mir war, als ob der Schlag meines Herzens kilometerweit wie Donner um mich grollte.
»Warte, Mama«, sagt die Stimme – ihre Stimme, die mir den Atem benahm, »ich habe Angst, daß er aufwacht.«
»Sakrament...«, setzte die grobe Stimme des Clarius ein.
»Pst«, machte Mama Philomene.
Der andere hielt den Mund.
Sie erschien in dem goldhellen Strahl.
Oh, du mein Wiesenrapunzel, in ihrem weich gerundeten

Arm hielt sie, gleichwie in einem Körbchen, ein Kindlein mit schlaffem Köpfchen: den Jesusknaben! Durch die halbgeöffnete Tür leckte ein Zünglein kalte Luft in die laue Gewitternacht.
Einen zornigen Mädchenblick wirft sie auf diesen bösen, kalten Luftzug, dann deckt sie ihre Hand gleich einem Blatt über das kahle kleine Köpfchen.

8

Von diesem Augenblick an malen sich drei Bilder in meinem Kopf; lebendig stehen sie zwischen mir und der Landschaft, so daß ich sie immer vor mir sehe, auch wenn mein Auge Baum, Wiese, Apfel oder Bergesrücken anschaut.
Ich sehe den Albin; der Schatten seines Berges liegt über ihm. Albin mit der Prozession seiner Harmonikaspieler; Albin, mit seinem Dorf belastet, das er wie ein Bündel an einem zusammengerafften Büschel fetten Grases trägt.
Ich sehe Angèle; so wie sie ist!
Und dann seh' ich den Kleinen.
Das alles will unter einen Hut gebracht werden. Vor der Suppe trete ich zu Mama Philomene und sage:
»Bäuerin, die Drescharbeit ist beendet, und alles ist fertig zum Verkauf in die Scheuer eingebracht. Jetzt kommen vier, fünf Tage, die zu nichts gut sind, gebt sie mir frei; ich hab' meine Familie, und ich würde ihnen gern einen kleinen Guten Tag sagen.«
Sie steht und hält eine Prise Salz über der Suppe.
»Ist das auch nicht gelogen?«
»Nein, es ist nicht gelogen, es ist wahr.
Und außerdem lasse ich Euch alles hier; Ihr sollt mich auch nicht einmal auszahlen; das kann geschehen, wenn ich wieder da bin.
Und dann rate ich Euch auch: verkauft nichts, bis ich wieder da bin. Der Bauer ist ein wackrer Mann, aber es sitzt

ihm was im Kopf, und das hindert ihn, gut zu verkaufen. Ich werde die Preise machen.«

»Wo hast du deine Familie?«

»In Peyruis.«

Sie läßt ihre Prise Salz fallen.

»Wenn es so ist, dann geh, mein Junge, nutze die Zeit. Aber komm wieder. Ich bitte dich darum. Seitdem du da bist, lebe ich wieder auf.«

»Schönsten Dank, Bäuerin, und ich komme wieder.«

»Wann willst du gehen?«

»Morgen früh.«

Am andern Morgen war sie vor mir auf, hatte mir ein Stück Speck, Brot und einen Liter Wein gerichtet und alles in ein großes rotes Tuch gewickelt.

Ich schaue ihr gerade in die Augen und sage: »Auf Wiedersehen!«, sie versteht, daß es wirklich »Auf Wiedersehen« bedeutet und nicht »Adieu«, und lächelt.

Gute Frau!

Wie der Herr, so 's Gescherr, bei solcher Bäuerin finden sich gute Knechte. Auch gute Höfe, wenn sonst nichts in die Quere kommt.

Ich hatte keinen Groschen eingesteckt, um nicht in Versuchung zu kommen, zu trinken.

Statt von Oraison aus über die Meès-Ebene zu gehen, zweigte ich nach La Brillanne ab, weil der Weg im Schatten liegt und sich angenehm geht. An der Straßenkreuzung nach Forcalquier begegne ich Casimirs Kolonne, die aus Niozelles zurückkam; ihre Saisonarbeit war zu Ende, und das mußte begossen werden. Bis über Mittag bleibe ich im »*Café du Commerce*« »auf dem Platz«, und ich trenne mich erst gegen fünf Uhr nachmittags von ihnen.

Der Adolphe lag unterm Tisch und schnarchte wie ein Schwein; zwei andere schliefen auf der Seitenbank; ein ganz Junger weinte seinen dreißig Francs nach, die in Schnäpsen draufgegangen waren, und der Casimir hatte einen kleinen

Familienpoker mit dem Kerl von der Garage angefangen, der die Autos ruhig vor seiner Benzinpumpe hupen ließ. Schöne Geschichte!
Mir war die Zunge auch ein bißchen schwer, aber ich hatte einen freien Kopf behalten.
Mir war sogar, als ob mein Kopf bis oben in den Himmel reichte.
Ich schritt aus wie ein Bürgermeister.
Trotzdem spürte ich hinter Lure meine Knie, und es wurde neun Uhr abends, bis ich in Peyruis ankam.
Was das Trinken doch ausmacht!
Vom Dorf bis zum Esménard sind es noch drei Kilometer, und auf schlechtem Weg.
Sie lagen natürlich schon zu Bett.
Als ich ihr Feld betrete, fährt mir die Hündin an die Waden. »Holla, Diana«, sag' ich, »gut Freund, kennst mich nicht wieder?« Bei meiner Stimme beruhigt sie sich und springt an meiner Hand hoch. Schön, denke ich, man hat dich nicht vergessen.
Diana war allein, also wachte der dicke Treff wohl bei den Schafen. Wie ich das denke, sehe ich da oben auch, am Abhang von Ganogobie, das kleine rote Leuchtfeuer vom Esménard.
Der Bursche bleibt sich auch immer gleich, schert sich noch immer nicht um seine Frau!
Das mochte angehen, wenn nicht der Albin bei ihm in Dienst gestanden hätte. Bei einem Mannsbild wie dem hat man doch gewöhnlich Mißtrauen.
Allein Esménard, der regte sich um so wenig nicht auf: er pfiff seinem Hund, zündete seine Laterne an, stopfte sich seine vier Pfeifen, um sie kalt und fertig bei der Hand zu haben, und - vorwärts mit seinen Schafen. Und wenn ihr beide inzwischen Lust habt, euch aneinander zu reiben, bitte sehr, mich kümmert's nicht, ich bin aus Holz.
Ich gehe unters Kammerfenster, das ich kenne, und rufe: »He, Clorinde.«
Sie erscheint im Hemd.

»Bist du es, Amadeus? Ich hab' dich an der Stimme erkannt. Wart einen Augenblick, daß ich mir Strümpfe überziehe; ich mach' dir auf.«
Ich verhehle es euch nicht: ich bin von Herzen gern in ihr Bett zurückgekehrt! Es war warm und weich. Es kam mir ganz komisch vor, mich in die Bettücher zu legen, die von einem andern Körper angewärmt waren, und ihre Beine zwischen den meinen zu fühlen.
Eine Frau, das ist schon eine Sache, trotz allem!

Am Morgen sagt sie, während sie sich kämmt:
»Du hast uns also den Mann heraufgeschickt?«
»Ja, ein Kamerad von mir; wie macht er sich?«
»Sieh ihn dir an.«
Ich stehe auf, und hinter der Gardine vorlugend, erblicke ich den Albin, der die Schweine füttert.
Er war immer noch derselbe: groß und schwarz.
Er schien mir schwarz, obwohl er immer rasiert war und eher eine blonde Haut hatte. Es mußte wohl von seiner Trauigkeit kommen.
»Eins habe ich an ihm auszusetzen«, sagt sie, »das ist, daß er nicht spricht, und daß er mich nicht mehr beachtet, als wenn ich ein Stein oder eine Wolke wäre. Er geht vorbei, ohne den Mund aufzumachen, und außerdem hat er einen Kalender, in dem streicht er alle Tage an, einen nach dem andern.«
»Ja«, grinse ich, »schon recht, deswegen komme ich.«
Als er von den Ställen zurückkommt, trete ich ihm in den Weg. Er schaut mich an, er macht: »He«, dann kommt er mit seinem großen Schritt auf mich zu und fragt sofort:
»Na?«
Ich lächle, und seltsam, er lächelt auch!
»Alles gut.«
»Alles gut, wieso, sag doch?«
»Alles gut, nun ja, alles gut, weil deine Angèle auf La Douloire ist, altes Roß!«
Er erstarrt zur Salzsäule; aber in den paar Sekunden, da er

wie angewurzelt vor mir steht, sehe ich, daß sein Kummer wie ein alter Mantel von ihm abgleitet, er fällt zu Boden, und da steht blank und klar und hell der schöne Albin aus Baumugnes, der er war.
Ach, wenn Angèle ihn so hätte sehen können!
»Hast du mit ihr gesprochen?«
»Das gerade nicht, aber das mußt du erst alles lang und breit von mir hören. Bis ich damit fertig bin, das wird eine ganze Weile dauern; komm ein wenig weiter weg, auf die Wiese unter die Apfelbäume.«
Wir setzen uns, die Füße im Schatten, den Kopf im Freien, am Rand des Feldes auf die Böschung des Bewässerungsgrabens.
Um Clorinde brauchten wir uns nicht zu sorgen. Wenn Esménard zu Haus gewesen wäre, das wäre was anderes, dann hätten wir so getan, als ob wir arbeiteten, aber wegen Clorinde –, was hätte es denn für einen Zweck, mit ihr zu schlafen?
Ich setzte ihm alles auseinander.
Alles? Nein, nicht ganz, aber meine Mühe, bis ich's herausbekam, und dann die Entdeckung, und daß ich jetzt endlich sicher war.
»Sie ist also eingesperrt«, sagt er, »den ganzen Tag und die ganze Nacht, so fest eingeschlossen, daß man sie weder am Morgen noch am Abend sieht? Böse Menschen müssen das sein, ihr Vater und ihre Mutter.«
»Nein doch, nicht gerade böse, aber es sind Menschen, die nicht an Unglück gewöhnt sind, und da wenden sie nun sozusagen törichte Altweibermittel an ... Und dann ...«
»Und dann, was? ...«
»Nun also, da ist noch eine Sache, die habe ich bis zum Schluß aufgehoben, nicht, weil es die beste ist, mein Junge, die besten sagt man gleich; nein, weil es das Schlimmste ist, was ich zu sagen habe. Hör zu: sie ist zurückgekommen, und natürlich ist das die Hauptsache, aber man darf nicht vergessen, daß dazwischen der Louis gewesen ist ...«
»Was weiter? ...«

»Und daß das Sachen sind, die mitzählen; und Spuren hinterlassen ...«
»Was weiter? ...«
»Was weiter, was weiter ..., na ja ..., also, sie hat ein Kleines, das ist es.«
Da kam es geradeswegs von Baumugnes herunter, in gerader Linie von den schönen Bäumen und den klaren Gletschern, die das Böse nicht kennen.
Rein und unverfälscht kam es, ohne Bodensatz, ohne Hintergedanken, wie ein Schluck Korn.
»Das tut nichts«, hat er gesagt.

Danach war nur noch vom Weggehen die Rede, wie ihr euch denken könnt. Gleich, ohne Mittag, ohne alles. Das aber paßte mir nicht ganz in den Kram: Teufel, ein wenig verschnaufen konnte man doch noch! Zumal ich in der Küchengegend einen leichten Hühnerduft zu schnuppern meinte; außerdem ... Ihr versteht schon. Ich wollte doch Clorinde auf Wiedersehen sagen. Es waren immerhin sechs Monate ...
In solchen Dingen war sie eine ganz Schlaue. Nach dem Essen zwinkre ich ihr gerade nur ein bißchen zu, und schon steigt sie in die Kammer hinauf. Ich genierte mich vor dem Albin wie vor einem jungen Mädchen, man sollte es nicht glauben! Ich summte vor mich hin und überlegte: Was sollst du ihm sagen, damit er nicht versteht? Was wird er von dir denken, wenn du so darauf aus bist ...?
Endlich entschließe ich mich:
»Ein kleines Mittagsschläfchen, Junge; es ist weit bis La Douloire.«
So dämlich war er aber doch nicht.
»Was die Schweine anbelangt ...«, fängt er an, fährt dann aber fort: »Ja, halte du nur ein kleines Mittagsschläfchen, und lacht hell und breit übers ganze Gesicht.
Ich sage euch, es war nicht mehr derselbe Mensch. Es war ein Vergnügen, ihn anzusehen.

Ihr könnt euch denken, daß wir beide da oben nicht geschlafen haben; das war bloß Redensart gewesen.
Nachdem ich eine Weile flach auf dem Rücken im Bett gelegen und, die Arme unterm Kopf verschränkt, mich ausgeruht habe, frage ich:
»Was ist denn das, Clorinde?«
Es war Musik, oh, aber eine Musik, die wohl bewandert war in allen schönen Dingen der Erde und der Bäume.
Man spürte den Geruch von Maisfeldern: hohe Stauden und breite Blätter; von Harz und Pilzen und von dickem Moos; von Äpfeln, die auf dem Sims trocknen.
»Das ist er«, sagt Clorinde, »er vertreibt sich da unten die Zeit mit seinem Blasen. Es ist arg schön.«
Ja, es war arg schön.
Es packte einen hart im Innersten an, gerade so, wie wenn die lautere Wahrheit einem mitten ins Gesicht gesagt wird.

Gegen sechs Uhr sind wir dann beide, Albin und ich, losgezogen.
Da ist die Chaussee mit den Platanen und das Dorf; da ist die Landstraße zwischen der Durance und Ganogobie; und da oben, am Hügelhang, entzündet sich, als die Nacht hereinbricht, das kleine Leuchtfeuer von Esménard.
Wir gehen fürbaß.

9

Am andern Morgen gegen fünf Uhr kommen wir in unsere Gegend.
Es konnte, wie ihr wohl begreift, nicht davon die Rede sein, daß ich den Albin schlankweg mit nach La Douloire hineinnähme wie einen Menschen, der erwartet wird; nein, wir hatten uns die Sache im Gehen reiflich überlegt und folgendes ausgedacht: ich kannte im Tal von Villedieu am östlichen Abhang ganz im Hellen inmitten eines Feldes von Thymian und Pfefferkraut eine steinerne Hütte, rund und

spitz wie ein Zuckerhut. Sie wurde übrigens auch der »Zuckerhut« genannt, oder auch der »Turm Peter des Mutigen«. Die Hütte wurde zuweilen als Schafstall benutzt. Dort wollten wir hinaufsteigen.

Wir stiegen hinauf.
Es war ganz das Richtige für den Fall. Wetterfest, älter als die Arche Noah, aus trocknem Stein, schwarz wie ein Backofen, aber genau das, was ein Mensch in der Lage dieses Burschen brauchte.
Er hatte es übrigens auch gleich gefühlt.
Wir hängen unsere Taschen auf, richten das Lager, kehren die Wohnung aus, und dann zünden wir zum Willkommen ein Feuer aus einem mächtigen Fichtenast an.
Der Duft des Harzes und das Fett einer kleinen Wurst, die über der Glut brutzelte, erzeugte die Stimmung eines Festtagmorgens, dazu die Sonne, die emporgestiegen war und wie ein goldenes Täubchen auf der Schwelle hüpfte.
Aus allen Büschen spritzten Vögel auf.
Das Leben war schön!

»Laß sehen«, sagt der Albin, »wo liegt denn La Douloire? Ich zeigte mit dem Finger auf den kleinen Dreckshof, der noch ganz in Nebel eingemummelt war.
Er schaute eine ganze Weile darauf hin und bewegte seine Nüstern wie ein Hund, der eine Spur aufnimmt.
Er sagt:
»Da drinnen ist sie also eingemauert, kriegt nie die frische Wiesenluft zu atmen, fühlt nie den Wind um ihre Beine wehn? Keinen Sonnenstrahl bekommt sie auf die Haut? Das ist böse ...«
Da fiel das Würstchen in die Glut hinein, ich mußte es herausfischen und verbrannte mir die Finger dabei; dann haben wir angesichts der Sonne im frischen Wind gefrühstückt.

Diesen Tag verbrachte ich mit ihm zusammen. Er hatte noch reichlich Zeit, allein zu sein, bis die ganze Angelegenheit im Lot sein würde.
Als am Nachmittag der Nebel aufgestiegen war, tauchte nach und nach vor uns die Gegend auf und die niederträchtige Durance, die sich in die Äcker einfraß. Man hörte das Nagen ihrer Zähne bis zu uns herauf.
Vor uns lag La Douloire; ganz im Grunde des Tals konnte man Marigrate sehen, das, mit seinen neuen roten Ziegeln geschmückt, einer reichen Bauerntochter glich, die auf den Markt geht.
Dahinten gab es keinen Staub der Windfegen mehr; die Burschen waren alle fort. Nur wir beide, der Albin und ich, waren noch hier im Land, um La Douloire und ihre Mandel zu belauern.
»Jetzt muß man herausbekommen, wo sie steckt«, sagt er, »und wie sie da lebt, und ob sie's gut hat und es ihr an nichts fehlt.«
Die blaue Tasse kommt mir in den Sinn.
»Es fehlt ihr sicher an nichts«, meine ich.
»Wenn es geht, muß man dann also mit ihr sprechen.«
Und er fügt hinzu:
»Dieses Mal bin ich fest entschlossen, nicht im Schatten der Weiden zu bleiben. Das würde ein Unglück für uns alle sein.«

Als die Nacht kommt, sage ich zu ihm:
»Mache ein bißchen Musik, wie da oben in Peyruis ...«
»Nein«, sagt er in einem Ton wie: »es lohnt sich nicht« ... und wir aßen unsere Wurst.
Einmal wacht er auf und fragt:
»Schläfst du?«
Ich sagte: »Nein, ich schlafe nicht.«
Es hielt mich wach, an alles das zu denken, was noch zu tun war, bis er seine Angèle bekam.
Er fährt fort:
»Man muß ihr sagen, daß ich ..., daß es bei mir schon

lange ..., schon vor dem andern ..., daß ich im Schatten der Weiden stand. Das ist die ganze Sache.«

Als es Morgen wurde, ging ich.

»Ah, da ist er ja, unser Mann!« sagt Mama Philomene. »Geh, Bursche, trink deinen Kaffee und gieß dir einen Schnaps ein, zur Wiederkehr!«

So war diese Frau.

Als ich aber mein Gläschen mit kleinen Zungenschnalzern hinunterschlürfe und die Wärme mir eben angenehm über den Rücken rieselt, tritt Clarius ein.

Ich sehe gleich, daß es schief geht.

»Ist der Herr fertig?« sagt er, ohne mich anzublicken.

Ich wußte nicht, wie mich verhalten. Ich bin es nicht gewöhnt, grob behandelt zu werden. Wenn es geschieht, geschieht es einmal und nicht wieder, sei's, daß ich mit der Faust dreinfahre, sei's ..., auf jeden Fall pack' ich mein Bündel, und adieu. Darum bin ich's nicht gewöhnt. Aber hier ...

Ich gebe keine Antwort, setze mein Glas hin.

Er wendet sich zu mir:

»Ob der Herr fertig ist? Sonst bitte sich nicht zu genieren. Falls er noch eine Spazierfahrt braucht, könnte man ihm das Pferd leihen und ihm auch noch ein Taschengeld geben, was?«

»Sollen die Worte mir gelten, Bauer?«

»Nein, dem Papst! Du aber, bildest du dir vielleicht ein, daß das so weitergeht? Du wirst hier nicht bezahlt, um Maulaffen feilzuhalten. Und wenn du um was zu bitten hast, so hast du mich zu bitten, verstehst du, mich. Hier ist nur einer Herr im Haus, und das bin ich. Die Frauen haben nichts zu sagen.«

Mama Philomene stand ganz klein und still, einen Teller in der Hand: der Teller zitterte. Ich sage:

»Seid nicht böse, Bauer, ich dachte ...«

Er ging, den Arm in der Binde, in der Küche auf und ab. Er trat auf mich zu:

»Du dachtest ... was? Sag doch: was hast du gedacht, was

hat man zu dir gesagt, was hast du gedacht? Du hast gedacht, die Frau hat hier zu befehlen, was? Hast du das gedacht, ja? Nun, zum Donnerwetter, ich werde dir zeigen, daß es nicht die Frau ist, sondern daß ich es bin, ich, der Bauer, ich, Clarius Barbaroux, und kein anderer. Ich tue, was ich will, was ich will -, verstehst du mich?...«
Das alles hatte mich in Wallung gebracht.

Ich gehe hinaus. Wie ich die Tür hinter mir schließe, höre ich Mama Philomenes zitterndes, aber eindringliches Stimmchen:
»Clarius, ich kenne dich nicht wieder; du bist ja nicht mehr du selbst; du redest ja wider deinen Verstand und deine bessere Vernunft, Clarius!«
Seht ihr, es war mit diesem Mann, als ob die Krätze an ihm fräße, an Stellen, wo er sich nicht selber kratzen konnte. Während ich in Peyruis war, hatte jeder sein gebührend Teil abbekommen.
Saturnin auch.
Der arme Alte schritt neben dem Pflug her und war schon ganz taumelig vom Hinundhergehen in den fetten Erdschollen. Er hatte sein gerüttelt Maß; trotzdem trieb er das Maultier immer wieder an.
Der Acker, auf dem wir uns befanden, krümmte sich wie ein Sicheleisen; er versteckte seine Spitze da drüben in einem Weidengehölz. Im Schutz des Laubes halte ich den Pflug an und sage zu Saturnin:
»Ruh dich aus, Alter.«
Das Maultier dampfte vor Schweiß.
Von der Durance her kam ein Alpenwind, der schneidend war wie ein Rasiermesser.
Saturnin (das habe ich ihm gleich hoch angerechnet), Saturnin zieht seine Jacke aus und deckt den Maulesel damit zu.
»Wenn er sich erkälten würde...«, sagt er, als ob er sich seines Tuns schämt.
Ich schweige einen Augenblick, dann sage ich:

»Und du, wenn du dich erkälten würdest?«
Er lacht kurz auf seine hölzern rasselnde Art.
»Ich«, sagt er, »wenn ich mich hier mitten in den schönsten Zug stelle, so tue ich das aus freiem Willen, weil's mir so paßt; aber ein Vieh ist blöd und kann sich gegen das Übel nicht wehren. Wenn wir es nicht ein bißchen in Schutz nehmen, wer soll's denn sonst tun?«
Er schüttelte sich in einem Kälteschauer und setzte dann hinzu, vielleicht damit ich »ja« drauf sage:
»Ein rechter Scheißkerl ist doch der Mensch!«

Das erklärte mir, wieso er auf La Douloire lachen konnte; er als einziger, mit seinem Lachen, das keine Zufriedenheit ausdrückte, sondern das rasselte wie ein Bündel toten Holzes.
Wir spielten nun gut und gern sechs Tage »Haschen«, um das Versteck von Angèle aufzuspüren.
Albin und ich hatten miteinander verabredet, ihr Gefängnis sozusagen auszuschnüffeln, und hatten wir das erst heraus, mit ihr ein herzliches Wort zu reden und ihr zu sagen, daß da ein Mann war, der sie liebte. Wie leicht! Nur der Albin mit seinem Querkopf konnte so etwas austüfteln. Aber ich selber fand nichts Besseres, und der Schweiß brach mir an allen Ecken und Enden aus, wenn ich so Tag für Tag die Mauern von La Douloire vergebens mit Aug' und Ohr absuchte und mir doch immer wieder vorstellen mußte, daß die Angèle wirklich und wahrhaftig dahintersaß und erstickte.
Die Sache wurde zu meiner eigenen.
Wenn wir unten in der Küche aßen und der Clarius ein wenig Ruhe gab (wir hatten jetzt die schönen herbstroten Tage), dann betrachtete ich mittags immer einen kleinen Sonnenstrahl, der durch die Gardine hindurch auf dem Nickel der Nähmaschine tänzelte.
Ich sagte mir: »Wer weiß, was ›sie‹ zu essen hat«, und: »Sie kann nicht mit ihren Augen dem kleinen Sonnenkuckuck folgen, der an die Wände pickt«, und: »Hast du auch das

kleine Kämmerchen am Ende des Gangs ordentlich angesehen; vielleicht ist es da.«
Sowie ich fertig war, könnt ihr euch denken, drückte ich mich in den Flur hinaus und schlich nach der Kammer. Nichts!
Wenn mir Mama Philomene meinen guten Morgenkaffee reichte, hatte ich Lust, zu ihr zu sagen: »Bringt Ihr Eurer Tochter wenigstens auch solchen Kaffee?«, um so mehr, da die blaue Tasse sich nicht mehr vom Fleck zu rühren schien.
Dann wieder mußte ich an das kleine Kücken denken, den Schlingel von Schlafmütze, der in der Gewitternacht auf dem Arm seiner Mutter schlief.
Das war meistens nach dem Abendbrot. Saturnin rülpste, blieb einen Augenblick still und lachte dann in seinen Bart hinein; darauf fing er, wie eine Uhr, wieder von vorne an: Rülpsen, Stille, Lachen. Clarius stützte seinen gesunden Ellenbogen auf den Tisch, den Kopf auf die Hand, und stierte dem Anschein nach auf seine violetten Finger, die aus dem Verband herausschauten; in Wirklichkeit horchte er auf die Schmerzen seines Herzens und fühlte, wie sie immer schlimmer wurden. Mama Philomene strickte an einer riesigen Socke –, einer Männersocke –, die nicht vom Fleck kam.
Und ich saß dabei und sagte mir:
»Narrenbande! Wäre es nicht beherzter, die Tochter hier zu haben, die hin und wieder ginge, vielleicht mit einem Liedchen auf den Lippen? Wäre es von dir, der Mutter, nicht beherzter, das Kücken da in deiner Schürze zu haben: eine ganze Schürze voll von warmem Leben, von Lachen, Kreischen und Pipi? Von dir, Clarius, wär's auch beherzter, dem Kleinen in den Popo zu pusten, daß er hell aufkräht, und dir zu sagen: ›Es ist der Kleine meiner Tochter; sie hat ihn gemacht; sie ist eine wackre Tochter‹, und zu vergessen, daß sie ihn nicht ganz allein gemacht hat. Narrenbande!«
Wenn der Saturnin mit Rülpsen fertig war, konnte er sein Lachen nicht mehr halten, und er ging hinaus, um sich

draußen auszulachen. Der Bauer zündete seine Kerze an und ging ohne eine Gutenacht hinauf schlafen. Es hätte sich nicht geschickt für mich, mit der Bäuerin allein zu bleiben. Ich folgte Clarius auf den Fersen. Mama Philomene strickte noch eine kleine Weile fort, allein in der großen Küche mit dem Klappern ihrer Nadeln. Dann hörte ich ihren Schritt auf der Holztreppe und das Knarren der Kammertür, die sich schloß.
Dann streckte sich das ganze Haus befreit im Dunkeln und ließ seine Gelenke knacken, und nach einem kleinen Augenblick sickerte aus einem Winkel, den ich wohl hätte kennen mögen, das kaum hörbare Mauzen des kleinen Balgs.

Ich sagte euch, die Sache war zu meiner eigenen geworden. Es tat mir weh...
Sechs Tage und immer suchen, sechs Tage, in denen ich auf Katzenpfoten vom Keller bis zum Boden geschlichen war, alle Türen öffnend und in das Dunkel jeder Kammer schnüffelnd.
Zuweilen blieb ich eine ganze Weile regungslos, ohne zu atmen, stehen, weil mir war, als hörte ich...
Nichts. Immer das Schweigen der Mauern und der leise Geruch von Schimmel, den der feuchte Putz ausströmte.
An einem Nachmittag besonders hatte ich das Haus für eine Viertelstunde für mich allein; Mama Philomene war im Weinberg, der Bauer, Saturnin und ich auch, aber ich hatte mich unter dem Vorwand eines Bedürfnisses davongemacht, und die ganze Zeit blieb ich vor einer Tür stehen und wagte nicht, sie zu öffnen, weil es dahinter leise plätscherte, ein Geräusch wie von einer zullenden Zunge.
»Das ist sie!«
Aber so, von mir aus, ohne weiteres eintreten, das hätte die Kleine ja umbringen können.
Den ganzen Rest des Tages sagte ich mir immer wieder: »Das ist sie, endlich ist sie das!«
Als es Abend war, entschließe ich mich, die Tür aufzustoßen: es war der Verschlag, wo das Öl aufbewahrt wurde,

und in einem Krug war eine dicke Ratte ersoffen! Das machte mich toll, und da man leicht ungerecht wurde, beschuldigte ich Angèle. Ich sagte: »Ja, singt sie ihrem Kleinen denn nie was vor? Weiß sie nicht, daß eine Mutter Milch und Lieder zugleich geben muß als Nahrung für den Mund und fürs Gemüt? Soll denn dieser Kleine nichts wie die häßlichen, die harten Töne des Lebens kennen? Soll er in seinem Kopf nicht die Lieder einer Mutter aufbewahren, die wie Früchte sind, und die ich mir, armselig wie ich bin, doch saftig, frisch und rund erhalten habe?«
Sechs solche Tage!
Am sechsten stecke ich ganz bedrückt ein Stück Speck und ein Brot in meine Tasche und steige hinauf zum Turm Peters des Mutigen. Angeblich ging ich Stützen für die Reben schneiden, aber ich stieg zum Albin hinauf.

Als ich ihm erzählte, was ich euch hier erzähle, hörte er mir zu, ohne mit der Wimper zu zucken, die Augen starr auf La Douloire geheftet.
Er hatte mich um Tabak gebeten und rauchte seine Zigarette: das einzig Lebendige an ihm waren seine Backen, die den Rauch einsogen, und das Rund seines Mundes, das ihn wieder ausstieß. Jetzt war es umgekehrt, ich erzählte ihm, leidenschaftlich erregt durch mein Suchen, von meinem Unglück (es war wirklich eins), er aber stand da, ohne sich zu rühren, als ob es ihn nichts anginge, oder als ob ich ein Baumstumpf wäre, ohne alle Wichtigkeit.
»Schon gut, Kamerad«, sagt er schließlich, »ich sehe, ich sehe. Dann werde ich also reden müssen.«
Ich schaue ihn ganz verdutzt an.
»Hast du denn nicht gehört, Junge? Kannst dir die Mühe sparen! Wenn ich dir sage, daß sie wie tot und begraben ist, und man nicht weiß, wo. Wenn ich dir sage, daß sie wie weggewischt ist von der Erde, als ob es sie nie gegeben hätte!«
Er fragt:
»Es handelt sich darum, ob du glaubst, daß sie noch auf La

Douloire ist; oder glaubst du, daß sie sie vielleicht woanders hingeschickt haben?«

Der Gedanke war mir nie auch nur in den Sinn gekommen.

»Nein, sie ist da, dafür lass' ich mir den Kopf abschneiden. Sie ist in diesen Mauern, das spürt man, das sieht man ihren Gesichtern an, das sieht man an den Augen von Mama Philomene. Sie ist da.«

»Dann also« (in seiner Stimme klang ein klein wenig Freude wie ein Glöckchen), »dann also, sage ich dir, Kamerad, muß ich es tun, ich muß reden.«

Er schob die Hand in die Tasche.

»Denn du weißt nicht, aber gleich wirst du wissen ...«

Er hatte zwei Gegenstände aus Eisen aus der Tasche gezogen, die in seiner Hand klirrten.

»Schau her: diese hier ist zum Vergnügen.«

Er hielt mir eine Mundharmonika unter die Augen, wie man sie auf den Jahrmärkten kauft: Eisenblech und Holz.

»Diese hier ist zum Vergnügen und zur Beruhigung des Herzens, mir genügt es, wenn ich darauf spiele, weil ich schon Bescheid weiß und es eine Stelle meines Herzens berührt, die empfindlich wie ein schlimmes Auge ist. Die andere ist für den Ernstfall und zur Heilung der Menschen.«

Er hielt in den gestreckten Fingern ein Ding, das ein wenig wie ein kurzes, dickes, eisernes Lineal aussah. Bei näherem Hinsehen war es durchlöchert wie ein Wespennest, und am Rand der Löcher blinkte es heller als Silber.

»... zur Heilung der Menschen: des Mannes und der Frau und der Töchter dieser Erde. Zur Heilung aller derer, die von dieser Erde sind, die das Gras im Blut haben, die breite Brüste haben, weit wie Wiesen und Gärten, Arme wie Eichenäste, Haut wie die Borke der Bäume und das Schauern des Windes darauf. Kamerad, wenn einer Milch aus der Erde Brust gesogen hat, selbst wenn er nur einen einzigen Tropfen genippt hat, selbst wenn er nur die Milch auf seinen Lippen gespürt und sie dann ausgespien hat, so einer ... ich sage dir: ich komme und ich heile ihn.«

Ich betrachtete das Wespennest.
»Was ist das?«
»Altes Eisen; die Stellen an den Löchern hier, die blinken, siehst du, da ist das harte alte Eisen vom Fleisch der Lippen abgewetzt worden.
Es ist abgewetzt worden, weil der Mensch, zugleich mit seinen Lippen, auch sein Herz daran rieb, sein Herz, das viel härter als das alte Eisen ist.
Es ist die ›Monika von Baumugnes‹, die Monika des alten Bärentöters, der der Vater vom Großvater meines Großvaters gewesen ist. Die, welche ich dir zuerst gezeigt habe, die aus Holz und weichem Eisenblech, das ist die Monika der jungen Leute von heute, eine Jahrmarktsharmonika.
Dagegen ist diese hier!
Wenn du darauf auf dem Jahrmarkt spielen würdest, würden die Leute sagen: Willst du nicht bald aufhören, uns anzuöden?
Nur: andern Tags sind die Händler fort; nur noch das Packstroh liegt herum; und Tomaten, die man weggeworfen hat, weil sie verfault sind.
Dann ist der Wein getrunken, und du weißt, getrunkener Wein ist bitter.
Dann sind die Sorgen da, und du weißt, die Sorgen sind auch bitter.
Alles, was bitter ist, hat dann auf dich gewartet und steht da, mitten in deinem Weg.
Die Monika aus Eisenblech, die ist dann so viel wert wie ein Pflaster auf einem Holzbein.
Dann, Freund, kommt die andere an die Reihe, die alte, die aus dem Unglück Geborene, und – es ist vorbei!«
Aufrichtig gesagt war er, der vom Trinken sprach, wie betrunken.
Er schrie das ganz laut hinaus in die Berge, wo – zum Glück – niemand war außer uns beiden und der hereingebrochenen Nacht.
Ich betrachtete die alte Harmonika.
Hart und schwer lag sie in der Hand des Albin.

Ich weiß nicht, wie lange ich auf dieses alte durchlöcherte Stück Eisen blickte, das auf der Handfläche des Albin lastete; ich weiß es nicht; ich weiß auch nicht, ob es die Wirkung dieser Stimme war, die ich soeben gehört hatte, oder ob es von der wohlriechenden und ein wenig kalten Nacht kam, die uns mit ihrer rauhen Zunge wie eine Katzenmutter leckte, ich weiß nicht... Nur kann ich euch sagen: in diesem Augenblick hab' ich ganz klar gesehen, daß wir Angèle so gut wie in der Hand hatten.

10

Er hatte zu mir gesagt: »Jetzt ist die Nacht schon gegen acht Uhr abends reif«, – und ich hatte geantwortet: »Ja, aber es ist noch ein wenig Mondschein.« Er hatte auch noch gesagt: »Ich werde durch diese Zypressenwand da gehen und dann am Bach entlang.«

Dieser Weg mußte ihn an den Saum der Wiese hinterm Haus führen.«

Es war neun Uhr. Ich stand an meinem Kammerfenster und schaute auf die Zypressen und das grüne Feld im Neumond.

Es war gerade nur ganz wenig Mondschein, unterm Himmel schien eine schimmernde Staubwolke zu hängen, und man konnte meinen, die ganze Sternenherde trippelte in weißem Sand.

Seiner Gewohnheit nach lag Clarius schon im Bett und Mama Philomene auch; sie lagen schon eine kleine Weile, denn ich hörte in ihrem Zimmer schnarchen. Ich hatte meine Kerze ausgelöscht, hatte im Dunkeln das Fenster aufgemacht und mich aufgestützt am Rande der Nacht.

Ich war ganz angezogen bis auf die Schuhe, weil es bequemer war, barfuß hinzuschleichen, um zu lauschen, ob der Bauer schlafe; ich hatte aber meine Schuhe neben mich auf einen Stuhl bereitgestellt, damit ich gleich hineinschlüpfen könnte, falls ich hinunter müßte, um dem Albin zu helfen.

Es war wirklich eine wunderschöne Nacht, man hörte das Murmeln der Durance.

Gerade vor mir am Anfang der Wiese befand sich der sogenannte Eiskeller, der eigentlich ein Getreidekeller, ein alter Silo war. Er sah wie eine runde kleine, mit Gras bewachsene Warze aus, in der Flanke aber saß eine Tür. In der ersten Zeit hatte ich einmal hineingeschaut; es war sauber und schön trocken darin, der ganze Raum hatte Steinfußboden, und auch die Wände waren mit großen, glatten, viereckigen Steinen ausgelegt; bei frischem Wetter war es lauwarm drinnen, im Hochsommer aber verflucht kalt.

Der Silo mußte sich prächtig zur Aufbewahrung des Getreides eignen. Seitdem aber hatte man die Tür zugesperrt, ich weiß nicht, warum.

Ich betrachtete mir gerade diesen Eiskeller, als ich den Albin kommen sah. Man konnte allerdings kaum etwas erkennen, aber wenn man wartet und vorbereitet ist, nicht wahr, dann hält man sich an die geringste Kleinigkeit. Der Bauer schnarchte ruhig weiter. Vor der Tür des Silos stand ein Feigenbaum, dessen Stamm wie eine Bank gebogen war.

Da muß er sich wohl hingesetzt haben, und es mag sein, daß die Sache erst viel später angefangen hat; vielleicht ist er eine lange Weile so sitzengeblieben und hat stumm die steinerne Douloire angeschaut, das Kleid und Mieder seiner Herzliebsten; Kleid und Mieder aus so schwerem Stoff, daß die Herzliebste drunter erstickte. Wenn ich's mir recht überlege, muß es so gewesen sein; dem Haus gerad gegenüber ist er angekommen und hat sich auf den verkrümmten Stamm des Feigenbaums gesetzt, ich aber hatte ihn im Laub des Baumes und auch im Laubwerk der Gedanken verloren; denn die Nacht verführt einen leicht; und da auf einmal hab' ich es mitten ins Gesicht bekommen.

Jawohl, ich sage: mitten ins Gesicht, weil es mich wie ein Steinwurf traf.

Das also nannte er mit Angèle reden!

Gewiß, in einer Art konnte man es schon so nennen, aber statt mit Worten, warf er mit den Dingen selbst.
Anfangs war es wie ein gewaltiges Stück Waldland, lebendig ausgerissen mit aller Erde, mit der ganzen Mähne von Tannenwurzeln, mit Moos und dem Geruch der Borke; der lange Strahl einer weißen Quelle troff auf dem Wege daraus wie ein Kometenschweif. Es kommt auf mich zu, es hüllt mich ein in Farben, Düfte, Töne, und es zergeht zu meiner Rechten in der Nacht.
Es konnte einem wohl den Atem benehmen!
Drauf höre ich etwas, man könnte sagen, wie den Wind der Berge oder vielmehr die Stimme des Berges, den Flug der Rebhühner, den Ruf des Hirten und das dumpfe Rauschen der hohen Weidegräser, die sich alle zusammen im Winde neigen und wieder aufrichten.
Dann Stille und das Geräusch eines Schrittes auf dem Weg: und tapp, und tapp; ein langer und langsamer Schritt, der hinaufsteigt und auf den Steinen klingt, und längs dieses Schrittes das Rascheln der Hecken und Glöckchen, die ihm entgegen zu kommen scheinen.
Es belebt sich, knüpft sich, schießt auf in Garben von Duft und Klang und spreitet sich dann aus: das Bellen eines Hundes, eine Tür, die zuschlägt, eine eilende Menge, ein Ferkel, eine dicke Ente, die mit ihrer gelben Fächerhand im Schmutz patscht. Ein ganzes Dorf zieht in der Nacht vorüber. Ich habe gerade Zeit, einen Eimer zu hören, der auf dem Boden aufklirrt, eine Brunnenwinde, einen Wagen, eine Frau, die ruft; ich habe gerade Zeit, ein kleines Mädchen zu sehen, das einem Apfel gleicht, eine Frau, die die Hände in die Hüften stemmt, einen blonden Mann, und es verlischt.
Alles das war so rein!
Hier muß ich innehalten und es euch recht beschreiben, denn das eben machte die ganze Gewalt dieser Musik aus: daß soviel reine Dinge darin angehäuft waren.
Die Reinheit war es, die verblüffte, die einem den Willen raubte, Arm und Beine zu bewegen, und den Atem höher gehen ließ.

Es war wie kaltes und reines Wasser, die Kehle wurde nicht müde, danach zu verlangen und es zu schlucken; man zitterte; man war wie eine Blume und hatte gleichzeitig eine Blume in sich, wie eine trunkene Biene, die sich in einem Blütenkelch wälzt.
Und dabei - das ist das Tollste – war alles in unserer Sprache und unserer Art und Weise gesagt.
Ich habe wirklich, muß ich sagen, schon manche Musik in meinem Leben gehört, einmal sogar ein Konzert der Straßenbahner, das sie in Peyruis an einem Feiertag gegeben haben. Dreißig Sous hatte ich für einen Platz gezahlt; dafür hatte ich allerdings auch Anrecht auf einen Kaffee. Nicht weit von mir saß die Frau vom Notar und die Nichte vom Gerichtsschreiber; und die ganze Zeit ging das: »Ach, wie schön, wie wundervoll« und »Oh, hören Sie nur das Klarinettensolo«. Ich dagegen horchte auf ein kleines Geräusch in den Platanen, das mir sehr seltsam und sehr lieblich vorkam: ein welkes Blatt zitterte dort im Wind.
Die große Pauke arbeitete aus Leibeskräften. Da bin ich, ohne meinen Stuhl und meinen Kaffee auszunutzen, weggegangen, um besser zu hören, was das Blatt mir zu sagen hatte.
Das kommt davon, daß man keine Bildung hat; was soll man machen? Dieses Blatt da hatte mir mehr zu sagen als alle die andern, die Akrobatenkunststücke um eine Klarinette herum machten.
Es ist einmal so.
Nun also, Albins Musik, das war die Musik des Platanenblattes, und sie überwältigte das Herz.
Ja, ich könnte euch noch etwas sagen, damit ihr begreift, wie diese Bilder lebendig aus dem Schoß der Nacht geboren wurden. Ich weiß nicht, ob euch das jemals begegnet ist, allein auf mich hat es jedesmal dieselbe Wirkung: es war, als ob man einen Korb mit Pilzen ins Zimmer bringt.
Der bloße Geruch, der wirft mit einem Schlag die Mauern um, und ich bin im Wald, es regnet auf das Laub; ich höre den Regen, ich sehe die Bäume; ich brauche bloß die Hand

auszustrecken, und sicher würde ich den Stamm einer Eiche berühren. So, ganz so war es.
Er, dieser Mann, hatte das gefunden!
Ich schlich barfuß zur Tür und horchte in den Flur hinaus. Das Schnarchen des Clarius hatte aufgehört, und als ich da mit fliegendem Atem stand, aus Angst, der Bauer könnte gleich mit seiner Kerze erscheinen, verstummte die Musik.
Eine ganze Weile nichts als Stille.
Ganz sacht wuchs aus dem Bereich der Macht, wo eben noch die leuchtende Macht Albins gewirkt hatte, eine düstre Masse auf: La Douloire stellte ihre Mauern wieder her, leimte ihren bösen, ungeschlachten Leib mit seinen Gefängnismauern wieder zusammen, und als ich wieder ans Fenster trat, stand der ganze Hof hart und reglos wieder da.
La Douloire.
Albin saß nicht mehr auf dem gekrümmten Ast des Feigenbaums.
Beim Morgenkaffee wendet Mama Philomene mir ihr altes Gesicht zu:
»Warst du das, der diese Nacht gespielt hat?« fragt sie.
Hätte sie mich auf eine andere Art gefragt, ich weiß nicht, was ich geantwortet hätte, aber auf diese Weise legte sie mir die Antwort in den Mund.
»Ja«, sage ich.
»Auf was?«
»Auf einer Harmonika.«
»Man würde es nicht glauben. Hat eine Harmonika solche Töne?«
»Gewiß doch.«
»Diesen Ton, der brummt? Diesen Ton, der weint? Und dann den, der wie das Wimmern unschuldiger Kindchen, und den andern, der wie ein Kirchenchor klingt?«
»Gewiß doch.«
»Das muß sehr schwer sein!«
Ich war in der Klemme. Im Grund mag ich mich nicht

rühmen, aber in diesem Fall konnte ich nichts dagegen sagen, ich mußte durchhalten.
»O nein«, sage ich, »man pustet hinein, und dann... dann..., das ist alles.«
Sie schaut mich einen Augenblick an, und zwei- oder dreimal öffnet sie die Lippen, als ob sie etwas sagen wollte; sie schweigt; dann endlich entschließt sie sich, jedoch es klingt, als ob sie im Grunde etwas anderes dächte:
»Du mußt ein gutes und reines Herz haben...«
Ich wiederhole: im Grunde dachte sie wohl etwas anderes; das war ihr nur so auf die Lippen gekommen, aber sie hatte außerdem noch einen anderen Gedanken, man sah es ihr an.

Mittags stößt der Clarius seinen Teller zurück und hält eine Rede für sich allein; ich hab' ein Schloß vorm Mund; es lohnte nicht, ihn zu reizen.
»Es scheint, du hast heut' nacht musiziert?«
»...«
»Das fehlte gerade noch.«
»...«
»Einmal mag es hingehen; wenn du aber am Tag arbeiten würdest, würdest du weniger dran denken, uns zur Schlafenszeit die Ohren vollzublasen. Wir haben hier kein Tanzlokal, verstehst du?«
»...«
»... und außerdem tut's einem weh, was du da spielst.«
Gleich bei den ersten Worten hatte Saturnin im Essen innegehalten; ich löffelte weiter, als ob ich nichts merkte. Clarius beginnt zu essen, der Saturnin macht sich auch wieder daran, und ich bemerkte, daß er nicht so viel lacht wie an den andern Tagen; kaum zwei oder drei Ausbrüche hinter der Serviette. Beim Hinausgehen ruft er mich an.
»He, du Künstler, wo gehst du hin?«
»Das weißt du doch.«
Er wollte mich bloß aufhalten. Er tritt auf mich zu, und nachdem er sich umgeschaut, ob wir auch allein sind:
»Wo hast du das gelernt?« fragt er.

Teufelskerl!
So ein ... so ein ... Hundsfott, hätte ich bald gesagt, aber in meiner Sprache sollte das gewissermaßen ein Lob sein; mit sicherer Hand hatte er also die ganze Douloire getroffen.
Nicht nur mich, der ich ihn aus dem Kammerfenster beobachtete; sondern auch – und mit ebenso sicherem Wurf – die andern hinter den Mauern, sie, die keine Augen hatten, sie, die dadurch aus ihrem Schlummer gerissen wurden, um in den Wirrwarr ihrer Erinnerungen gestürzt zu werden.
La Douloire verriet, daß sie getroffen war.
Es war ein gutes und auch ein schlechtes Zeichen: je nachdem.
Nichts verriet, wonach man sich in der Folge hätte richten können. Getroffen hatte es, unbedingt - das war aber auch alles.
Nachher war es, als ob man ihnen allen dreien die Zungen abgeschnitten hätte. Auf La Douloire ging alles seinen Gang; Hühnergegacker, aber - keine Menschenstimme.
Sie kamen und gingen, ohne zu reden. Neben ihnen schritt wohl ein Gefährte, der redete, aber nur für sie, in ihrem Innern.
Mama Philomene fütterte die Tauben, ohne »putt-putt« zu rufen; sie warf die Körner hin, von weitem, wie von anderswo ...

Ob er wiederkommen würde? ...
Auf jeden Fall pflanzte ich mich um die gewisse Stunde barfuß vor meinem Fenster auf.
In dieser Nacht ging draußen ein kleiner, feiner Regen nieder: also Tintenschwärze, und die Blätter rauschten leise wie ein Seidenkleid.
Darum sah ich ihn nicht kommen, und darum unterschied ich auch nicht genau, in welchem Augenblick er zu spielen begann; aber ganz plötzlich sprang die Musik aus dem Regen, und da wußte ich, daß er da war.
Es ist schwer, es euch zu beschreiben, ich kann's nicht. Wenn ich an diese Dinge denke, dann möchte ich mich

puffen wie einen Stotterer: »Wenn du nicht reden kannst, nun gut, so pfeif es doch!« Man müßte sie wirklich pfeifen und tanzen, weil man beim Tanzen vielleicht auch gleich die Bewegungen der jungen Mutter machen könnte, die eiapopeia ihr Kleines wiegt, und Brüste, die Milch pissen, und alles das: die schönen runden Arme der Frauen, die Lippen, die sich spitzen, kurz: alles, alles und noch Schöneres!

Am folgenden Morgen kommt Mama Philomene gerad auf mich zu. Sie legt mir ihre dürre Hand auf die Schulter. Sie reckt sich dicht vor mir auf; sie hebt die Augen, weil ich größer bin als sie, und sagt:
»Kannst du denn hexen, Bursche?«
Sie sieht mir dabei gerade in die Augen und merkt wohl, daß ich zu verstehen suche, was sie meint.
»Ach, ich bin närrisch«, haucht sie zu mir herauf, und ihre Worte prallen ganz heiß an mein Gesicht, »ich bin närrisch! Ich habe dir diese Nacht zugehört, und du hast mir Sachen gesagt, die ich selber denke, und die ich mich nicht auszusprechen getraue! Sie waren in deiner Musik, da, in der Luft, aus dir herausgekommen, aber auch wie aus mir selber gekommen. Ich dachte: endlich werden die Ohren, die das hören sollen, es auch hören! Und ich lag da wie in Kindsnöten. Ich biß ins Bettuch, um nicht laut zu stöhnen. Ich wollte, daß mein Mann es hört, ich wollte, daß er merkt, daß er begreift ... Wie ein Stein lag er neben mir. Und da auf einmal konnte er einen tiefen Seufzer nicht mehr zurückhalten, einen Seufzer, der ihn lebendig gemacht hat; es war in ihn eingedrungen: er hatte begriffen!
Er hat begriffen, was mir so lange schon das Herz abdrückt, daß es mich an den Rand des Grabes bringt!
Ich bin erlöst!«

Ich weiß nicht mehr, was ich ihr geantwortet habe. Ich habe wohl bald nein, bald ja gestottert in meinem Schreck, daß ich dieses Mal teilhatte an der Macht von Baumugnes.

Darum gebe ich auch nachher, als ich das Feld für die Saat fertig egge, während zehn Runden keinen Mucks von mir und bin ganz in Gedanken versunken, während der Saturnin neben mir herschreitet. Plötzlich fällt mir auf, daß er die ganze Zeit nicht mit seinem Hühnerlachen gegackert hat.
»Ist dir das Lachen vergangen, was?«
»Keine Lust mehr.«

Das war am Morgen.
Als wir zum Mittag gehen, hört man den Clarius schon auf eine Stunde Entfernung brüllen. Kaum, daß er mich bemerkt hat, packt er mich beim Wickel, und da kann ich sehen, was ein Verrückter ist!
Er brüllt:
»Hör mich an, du: so wahr ich hier vor dir stehe, wenn du noch ein einziges Mal deine hundsföttische Musik vollführst, dann stehe ich auf und pfeffre dir eine Kugel in den Kopf! Daß du es weißt!«
Er ließ mich los. Er wich rückwärts zurück, ohne mich aus den Augen zu lassen:
»Hast du gehört? Ich will tot hinfallen, wenn ich's nicht tue!«
Da hatte ich es. Wohl bekomm's!

Zur Stunde des Albin stand ich wieder am Fenster, aber dieses Mal in voller Ausrüstung, die Schuhe an den Füßen und die Tasche umgeschnallt. Ich hatte die Höhe der Mauer gemessen, ich wußte, daß ich hinunterspringen konnte, und ich wartete.
Draußen war es schwarz, zum Schneiden dicht, aber es regnete nicht, und als ich mich an die Nacht gewöhnt hatte, konnte ich den weißen Bauch des Feigenstamms erkennen. Diese Stelle beobachtete ich, weil es die einzig mögliche war. Ab und zu ließ ich den weißen Fleck aus den Augen, um ihn dann wieder zu finden, und dann wußte ich, daß noch niemand darauf saß.
Hoch oben brauste ein Wind, der nachts in Richtung Afrika

reiste. Unten war es ganz still, bis auf ein leichtes Säuseln wie das Summen einer Biene.
Während ich den weißen Astfleck beobachtete, fragte ich mich: was ist das, was, zum Kuckuck, ist denn das?
Ein- oder zweimal schon hatte es wie eine Art Lied geklungen, da auf einmal höre ich, durch ein Absacken des Windes, hell und deutlich ein ganzes Stück, und das war ohne allen Zweifel ein Wiegenlied, das Eiapopeia, das man den Kindern vorsummt, um sie einzulullen.
Bestimmt war es das, und gesungen von einer Frauenstimme.
Ich kann euch versichern, es verriet mir viel, dieses kleine Sumsum mitten in der Nacht.
Es verriet, daß La Douloire an der richtigen Stelle getroffen war.
Auf einmal suche ich wieder nach dem weißen Fleck. Kein weißer Fleck mehr da. Das Lied bricht ab.
Hübsch vorsichtig nähere ich mich darauf dem Fenster, prüfe noch einmal meine Ausrüstung nach, packe dann das Fensterkreuz mit beiden Händen ... und warte auf die ersten Töne der »Monika«. Ich war bereit, mit höchster Geschwindigkeit Reißaus zu nehmen. Ich hatte keine Lust, abgeknallt zu werden.
Nichts, gar nichts, nur das Brausen des Windes in der Höhe.
Indessen bestand kein Zweifel daran: es saß jemand auf dem Ast des Feigenbaumes!
Eine lange Weile hörte ich das Blut in meinen Pulsadern pochen, dann taucht der weiße Fleck wieder auf; es geht jemand über das Gras der Wiese, dann setzt das Summen des Eiapopeia wieder ein ...
Es war wie Rosenduft!
Diese Nacht also war der Albin da und hatte nicht gespielt.
Das war mächtiges Glück gewesen, aber doch zu unsicher, um auch für die nächste Nacht wieder damit rechnen zu können. Sobald ich auf bin, laufe ich in den Weinberg und

von da mit zwei Sätzen den Hügel hinan und zu Peter dem Mutigen.
Er schlief.
Ich wecke ihn; er sieht mich an, ohne erstaunt zu tun.
»Aha«, sagt er, »hast du begriffen?«
»Begriffen? Was?«
»Nein, rede du zuerst«, sagt er ausweichend.
»Ja, also ...«, und ich erkläre ihm die beiden Harmonikanächte von meinem Gesichtspunkt aus, und die beiden darauffolgenden Tage vom Gesichtspunkt der Douloire aus, während er sich hier auf seinem Lager aus getrocknetem Thymian ausruhte; und meine dritte Nacht, die ich, ans Fensterkreuz geklammert, mit der Aussicht, gleich hinunterspringen zu müssen, verbrachte.
»Junge, dieses Mal, fürchte ich, müssen wir unser Bündel allen Ernstes schnüren.«
Ich wunderte mich, weil er die ganze Zeit über lächelte, aber diesen Leuten, die eine fixe Idee im Kopf haben, muß man die Dinge manchmal doppelt sagen.
» ... jawohl, unser Bündel schnüren und uns davonmachen; es ist aus.«
»Du hast recht«, sagt er, »jawohl, es ist aus, wir müssen unser Bündel schnüren und uns davonmachen, alle vier.«

II

» ... Was du sagst, und wo nimmst du die vier her?« frage ich.
Statt mir das zu erklären, lacht er von neuem und sagt:
»Gib mir Tabak, ich möchte rauchen.«
Ich wollte geschwind alles wissen und fragte mich nur im Innern, was?
»Na, also denn: die vier, zu denen gehörst als erster du, Kamerad, wenn du willst. Ehre dem Alter! Dann ich, weil ich dir doch immer folge wie der Montag auf den Sonntag; und die beiden letzten, mein Gott, das sind (aber das nur

unter uns, wenn's dir gefällig ist), nun ja, das sind – ich sehe, daß du innerlich kochst wie ein Wäschekessel –, das sind Angéle und Mosjö Pancrace, der in seinen zehnten Monat geht. Jawohl.«

Ich war baff, geschlagen ohne einen Trumpf in der Hand.

»Du willst doch nicht etwa sagen, daß ...«

»Ich will nicht sagen, Alter, ich sage es, weil's so ist.«

Jetzt war er wieder der ernste Mann von den Schneefeldern da oben, aber in seinen Augen blühten zwei Blumen.

»Kamerad, wir sind am Ziel. Du hast eben ganz das Richtige gesagt: wir müssen unser Bündel schnüren; wir werden es tun, und dann ziehen wir vier sofort unserer Wege, die vier, die ich dir eben genannt habe. Alles ist bereit und abgemacht auf heute Nacht.«

Ich hatte ein wenig Atem geholt, aber es schien mir immer noch zu schön.

»So ohne weiteres?«

»Ohne weiteres.«

Ich bekam es schließlich satt, Katz und Maus mit ihm zu spielen, um so mehr, als die Sache ernst zu sein schien wie eine Messe. Ich schluckte mein Schamgefühl hinunter und bat um eine ausführliche Erklärung, wieso und auf welche Weise das alles nun so gekommen wäre.

Er sagt:

»Du wirst gleich hören, daß es in der zweiten Nacht geschehen ist, in dem Augenblick, als ich die Monika in meiner Tasche verstaute und gerade als du leise deinen Fensterladen zugemacht hast.

Ich hörte ein kleines Geräusch, als ob jemand gegen Holz klopft, und ich erfaßte nicht sogleich, daß es nicht ganz derselbe Laut war wie zuvor; es klang ähnlich, aber schließlich begriff ich, daß man doch nicht solange braucht, um einen Fensterladen zu verrammeln. Ich saß noch immer auf dem Feigenbaum; das Geräusch war zu meiner Linken, es kam vom Eiskeller her, ungefähr in der Höhe von meiner Brust.

Ich recke mich ein wenig in der Richtung; ich strecke den

Arm aus und stoße auf eine Tür: eine Tür aus Holz; und ich fühle, daß genau an der Stelle, die ich berühre, jemand jenseits des dicken Holzes mit kleinen Schlägen an die Tür pocht.
Ich erzähle dir die Dinge ganz kurz; ich brauche dir nicht zu sagen, was sich in meinem Innern tat, du weißt es.
Ich stehe auf und gehe hin, ich lehne mich mit ganzem Leib gegen das Holz, und ich fühle, daß man von der andern Seite mit der Faust dagegen schlägt, über den ganzen Leib läuft mir die kleine Erschütterung des Holzes.
In dem Augenblick hab' ich alles gewußt. Ich hab' meinen Mund ans Schlüsselloch gelegt und habe meine Stimme durch das kalte Eisen geschickt:
›Wer ist da? Wer klopft?‹
›Ich!‹ hat man mir geantwortet.
Und dann:
›Die Tochter vom Hof, Angèle.‹
Und zweimal hat sie wiederholt: ›Ich bin eingesperrt, ich bin eingesperrt.‹
Ich hab' mich aufgerichtet und einen großen Mund voll Nachtluft geschluckt, denn da in meiner Brust ging's gar zu ungestüm her; dann hab' ich mich wieder zum Schlüsselloch gebückt und ihr sofort gesagt:
›Sie sind's? So hab' ich Sie gefunden! Ihretwegen komme ich her.‹
Darauf hat sie gesagt:
›Das weiß ich.‹
Und weiter:
›Ich kenne Sie.‹
Diese letzten Worte, die sind ganz warm in meinen Mund gekommen, der ans Schlüsselloch gepreßt geblieben war. Ganz warm!
Sie hatte ihren Mund von der andern Seite auch dagegen gepreßt, und so waren die Worte von ihrem Mund in den meinen übergegangen, ohne sich an der Luft abzukühlen.
Gleich mit einem Schlag hatte ich so den Atem ihres

Mundes in dem meinen: kaum fünf Minuten war es her, daß ich sie gefunden hatte – und schon eine Liebkosung!

Ich habe geweint darüber. Das Fließen dieser Tränen tat gut...«

Er hielt inne, um sich zu räuspern und mich noch einmal um Tabak zu bitten.

»Aber was sollten diese Worte eigentlich bedeuten«, frage ich; »sie wußte es; wieso? Und wieso kannte sie dich?«

Er hatte seine Zigarette gerollt und zündete sie an; darauf lächelte er sein Schneelächeln unter seinem Schnurrbart, und man wußte nicht, kam das Lächeln vom guten Geschmack des Tabaks oder aus den Hintergründen meiner Frage.

»Ja, siehst du, Kamerad, an diesem Punkt der Geschichte, da ist es, als wären wir Figuren aus einer Weihnachtskrippe in einer Landschaft, wo die Bäche aus Silberpapier sind. Es ist ein Wunder.

Besinnst du dich auf den Traum, den ich damals hatte, als ich aus Verzweiflung mir die Sonne so auf den Kopf hatte scheinen lassen, um dran zu sterben?

Besinnst du dich, daß ich zu dir sagte: ›Mir war, als ginge ich ihr entgegen, die Arme ausgebreitet wie ein Kreuz, um ihr den Weg zu versperren.‹ Erinnere dich: der Louis pfeift, und sie läßt meine Hand fahren, sie geht mit ihrem kleinen Bündel in die Nacht hinein, von dem Pfiff gezogen wie von einem Seil. Erinnerst du dich?

Ich hauche also leise durch das Schlüsselloch – und ich spürte ihren Atem, als ob ihr Kopf an meiner Schulter läge:

›Fräulein, Sie wußten, daß ich kommen würde? Sie wußten, daß ich es war?‹

Sie antwortet:

›Ja, ich wußte es. Ich dachte: endlich hat er dich gefunden! Es konnte ja niemand anders sein als Sie.‹

›Wieso?‹

›Weil Sie gestern abend mit denselben Worten zu mir gesprochen haben wir vor zwei Jahren.‹
In dem Augenblick bekam ich's mit der Angst; denn ich hatte ja nie mit ihr gesprochen, und es war nur der Louis, der... Aber gleich fiel mir ein, daß ich am Abend vorher ja auch nicht gesprochen hatte; ich hatte nur auf der Monika gespielt.
›Als Sie vor zwei Jahren mir in der Nacht auf meinem Weg entgegengetreten sind, ach, wenn ich damals auf Sie gehört hätte!‹
Darauf, Kamerad, hat sie's mir erzählt, und ich hab's erfahren.
Dieser Traum, diese nebligen Dinge, die in mir haftengeblieben waren und von denen ich sagte: es ist ein Traum, die waren Wahrheit, und ich war hineingetaumelt wie ein Betrunkener mit meinem Kopf voll Sonne.
Du weißt, mein Körper ist stark und fest; und diese Liebe, die ist auch stark und fest; da hat das eine das andere getragen, und sie haben die Sache in Wahrheit ausgeführt.
Ich bin ihr leibhaftig, nicht nur in Gedanken, auf dem Weg entgegengegangen, oder mein Gedanke ist höchstens vorausgeeilt, aber Fleisch und Knochen mußten, ob sie wollten oder nicht, nachfolgen. Und sie war es wirklich, die mit klappernden Absätzen in der Nacht gerade auf mich zukam, ihr bißchen Habe in das geblümte Tuch geknüpft.
Es ist geschehen, wahr und wahrhaftig: ich habe ihre Hand gefaßt, ich habe zu ihr gesprochen, sie hat mir zitternd in der Nacht zugehört und wußte nicht mehr, was sie in dem Augenblick von diesem großen, ungeschickten Menschen denken sollte, der da redete... der da redete von jenem schönen Land hoch oben, am Ende aller Wege; von seinem Herzen, das klar und durchsichtig sei wie Eis; vom Haus, in welchem Platz sei für eine Wiege. Von diesem großen Menschen, der zu ihr sagte: ›Wir beide werden mit Zement zusammengefügt sein, das halten wird bis ans Ende unserer Tage.‹

Ja, an diesem verfluchten Abend vor zwei Jahren hab' ich von alledem mit ihr gesprochen, und am Abend zuvor hatte ich auch davon mit meiner Musik gesprochen.
Darauf habe ich gesagt:
›Ich will noch immer, und Sie?‹
Da hat sie da hinter der Tür angefangen zu weinen und hat gesagt:
›Ich – ich kann jetzt nicht mehr.‹
Das war für diesen Abend alles.
Am nächsten Abend, der der dritte, der gestrige war, hab' ich, sowie ich unten war, meinen Mund ans Schlüsselloch gelegt und sie gefragt:
›Fräulein, Sie sagten: Ich kann jetzt nicht mehr. Warum?‹
›Weil ich mich verändert habe, weil ich nicht mehr dieselbe bin.‹
›Das tut nichts.‹
›O doch! Vor allen Dingen, hier durch die Tür und in der Nacht, da wage ich, mit Ihnen zu reden, aber im Freien, da würden Sie bemerken, daß ich Ihnen nicht mehr ins Gesicht sehen kann.‹
›Sie wissen doch aber, daß ich Sie liebe.‹
›Ich weiß es, und gerade deswegen würde es mir bitter sein, am hellen Tag vor Ihnen zu stehen, der Sie mich gekannt haben, ehe ... und Sie sehen zu lassen, was aus mir geworden ist, denn man sieht es, man sieht es ganz deutlich ...‹
›Fräulein, das sind Einbildungen. Ich sage Ihnen doch: ich liebe Sie ... Gewiß, es rührt aus der früheren Zeit, ehe ... Aber für mich bleiben Sie immer die gleiche, wie an jenem ersten Abend, als ich Sie gesehen habe.‹
›Nein, nein, es lohnt sich nicht, darüber zu reden, aber ich weiß recht gut, daß ich mich verändert habe, und übrigens, da Sie noch da sind, hinter der Tür, hab' ich mir's seit gestern abend überlegt, und Sie sollen alles wissen ...‹
Kamerad, das Mädchen war was ganz Besonderes, und das wußte ich längst; seit dem Augenblick, da sie mit einem einzigen knappen Ruck aus dem Handgelenk Pferd und Wagen vor mir gebremst hatte.

Als du nach Peyruis gekommen bist, um mich zu holen, und mir gesagt hast, daß sie ein Kleines hätte, da hab' ich mir gedacht: sie wird dir alles selber erzählen, weil sie ehrlich ist. Ich hätte meine Hand dafür ins Feuer gelegt. Man brauchte bloß zu sehen, wie sie mit dem Gespann umging.
Man kann nicht auf diese Weise mit einem Tier und auf eine ganz andere Weise mit sich selber umgehen. Ich hätte meine Hand dafür ins Feuer gelegt.

Tatsächlich hat sie denn ihr ganzes Leben vor mir wieder aufleben lassen.
Sie hauchte es durchs Schlüsselloch. Nichts zwang sie dazu, oder wenn sie etwas zwang, dann nur ihre innere Redlichkeit: etwas, das im tiefsten Grund ihres Wesens zu ihr sagte: ›Tu's, es ist das Rechte.‹
Ahnst du, zu was für einem Gewerbe der andere sie gebraucht hat? Ei ja, jawohl, zu dem, was er gesagt hatte, wahrhaftig! Er hat sie verkauft, an diesen und an jenen. Für soundso viel die Spanne Zeit.
Das war es, was sie mir Span für Span gestand. Sie ging ohne Erbarmen vor. Ich spürte, wie das weiche Holz unter den Hobelstößen weinte.
Ich war von vornherein ganz voll Verzeihung, wie eine gute grüne Weide, ich wollte sie aufhalten:
›Schon gut, Fräulein, ich weiß ...‹
Aber sie ging vorwärts in schärfster Gangart, mit straffen Zügeln und der Peitsche in der Hand, so wie sie gewöhnt war, ihr Gespann zu kutschieren.
Endlich war der Augenblick gekommen, wo alles gesagt war, bis auf das Schwerste.
Nur das Schwerste blieb noch zu sagen übrig, und das ist wohl verzeihlich. Da ist sie eine ganze Weile still geblieben; das ist natürlich. Schließlich ist sie, trotz allem, ja eine Frau ... Und eine Frau, das ist was Zartes ...
Ich wagte auch nicht, zu reden. Was hätte ich sagen sollen? Ich wartete und dachte: man macht sich die Dinge so schwer; man macht sich's so schwer, und es ist so einfach.

Dann plötzlich hat sie die Zügel scharf angezogen, hat sich wieder in die Hand bekommen und gefragt:
›Sind Sie noch immer da?‹
›Ja, ich höre Ihren Atem.‹
›Nun denn: ich bin die letzte aller Kreaturen: ich hab' ein Kind.‹
›Ja‹, sag' ich, ›ich weiß, und was weiter?‹
Vielleicht hat sie mich nicht gehört; sie fuhr fort, ans Schlüsselloch gepreßt, zu reden, ihr Herz auszuschütten. Ich hörte und hörte ihr zu voller Freude, weil ich wußte, daß ich die Vergebung brachte. Sie sprach wie eine, die vorm Tode steht, die alles bekennt und sich dann die Schnur um den Hals legt und sich aufhängt.
›Ich hab' ein Kind; ich weiß nicht, wer der Vater ist; ich bin die Frau von jedermann gewesen, ich schäme mich meines Körpers. Wenn mir meine Mutter das Essen bringt, wage ich nicht zu sagen: ›Gib mir einen Kuß.‹ Ich kann meine Mutter nicht küssen, wenn ich daran denke, was ich mit meinem Mund gemacht habe. Ich bin die verworfenste aller Kreaturen, ich bin innerlich beschmutzt, ich habe meinen Leib benutzt, um Geld zu verdienen ...‹
Wenn man die Zügel mit zu harter Hand führt, reizt man das Pferd: sie hat angefangen zu weinen, und der Kleine ist aufgewacht.
›Fräulein‹, hab' ich zu ihr gesagt, ›beruhigen Sie den kleinen Mann, und dann werden wir weiter sehen.‹
Als sie dann wiederkam, hab' ich meinerseits gesagt, was ich zu sagen hatte.
Das hat gedauert und gedauert ...
Zu guter Letzt hat sie ganz gebrochen durchs Schlüsselloch gehaucht:
›Oh, ich auch, ich auch, ich möchte!‹

So liegt es also: ich hab' mit ihr ins reine kommen wollen; ich bin im reinen. Was ich will, weißt du; ich will, daß sie glücklich ist.
Geh du jetzt zurück; suche im Wagenkasten nach; da liegt

ein Schraubenzieher, hat sie mir gesagt. Wenn die Nacht angebrochen ist, gehst du zum Eiskeller; du brauchst nichts zu sagen, sie weiß Bescheid. Grabe mit deinen Händen unter der Türschwelle, die Erde ist weich, und schiebe den Schraubenzieher unten durch; sie wird ihn nehmen. Sie wird das Schloß abschrauben. Du packst dein Zeug zusammen und wartest. Ich komme.
Kamerad, damit bitte ich dich, noch einmal, zum letztenmal, Hand anzulegen und mir die Last aufzuladen; nachher laß' ich dich laufen; ich werde meinen Weg allein gehen; ich habe breite Schultern und einen sicheren Fuß.«

Mir war von alledem zumute wie einem Brummkreisel.
Stellt euch die Sache vor, mit der er mich da fix und fertig überfiel, diese geknotete Schnur, die sich von selbst auflöste: es war, um sich platt auf den Allerwertesten zu setzen.
»Junge, Junge«, sage ich, »wir Brüder, wir gelten ja im allgemeinen für ziemlich helle Gauner, aber du bist entschieden der Präsident der Gaunerrepublik, dir gebührt der Stern!
Aber damit ist doch noch nicht alles getan, was willst du nachher anfangen?«
»Nachher? Nachher, das ist doch klar.«
»Wieso klar?«
»Nun ja, wir gehen nach Baumugnes.«
»Schön, und dann?«
»Und dann, – dann habe ich da oben noch eine Art Acker und so etwas Ähnliches wie eine Scheune, von der wir uns zu Anfang einbilden können, daß sie ein Haus sei. Ich werde in der Umgegend auf Arbeit gehen und das Mittagessen verdienen, und dann, und dann ..., da fragst du mich zuviel.«
»Und der Kleine?«
»Der Kleine? Wieso, der Kleine? Der gehört Angèle, gehört nur Angèle; nun gut, er wird auch mir gehören, er soll meiner sein. Er wird in Baumugnes zu Hause sein, und man

wird ihn nicht zu beklagen haben. Es sind nicht die schlechtesten Kerle, die aus Baumugnes kommen, was, Großvater?«

»Ich werde dir was mit deinem Großvater!« sage ich lachend, »nein, es sind nicht die schlechtesten Kerle, die aus deinem Land kommen, besonders was den Kopf anbelangt.«

So machte ich mich denn auf den Weg, um den letzten Abend auf La Douloire zu verbringen.

Ich hatte es eilig.

Um sechs Uhr, als es dunkel wurde, ging man auch tatsächlich schon in die Küche; Mama Philomene stellt die vier Suppenteller auf den Tisch. Bei den Mahlzeiten war in dieser Küche nie etwas anderes zu hören als die Geräusche, die man so macht, wenn man sich rührt, niemals der Laut eines Gesprächs.

An diesem Abend also klappern erst viermal die Teller beim Aufsetzen; dann gibt es ein dreimaliges Scharren, als Clarius, Saturnin und ich unsere Stühle an den Tisch heranrücken; dann, einen kurzen Augenblick, das Ticken der Standuhr, und schließlich das Geräusch des Stuhles, den die Bäuerin sich heranzieht.

Wir sitzen.

Dann hört man das Klirren der Löffel gegen die Steingutteller und das »hupf«, mit dem Saturnin die Suppe durch seinen Schnurrbart einschlürft. Irgendwo spielt auch das Kätzchen mit einem Papierball herum. Der Herd stöhnt unter seiner glühenden Kohlenlast, und eine Fliege summt ums Küchengeschirr; im Holz des alten Backtrogs knackt es trocken, dann hält das Kätzchen jedesmal, ein Pfötchen in der Luft, mit Spielen inne und stößt das Papierbällchen nicht weiter.

Die Suppe ist aufgegessen.

Kein Wort.

Mama Philomene schiebt ihren Stuhl zurück und steht auf.

Der Schritt von Mama Philomenes Pantoffeln ist kaum zu

hören. Die Tür vom Küchenschrank klappt; Speck, Käse, Brot wird auf den Tisch gestellt.
Tellerklirren.
Stille.
Das Messer des Clarius kreischt jedesmal auf dem Teller, wenn er sich ein Stückchen Käse abschneidet. Clarius ist mit der linken Hand nicht geschickt.
Seit drei Tagen lacht Saturnin nicht mehr.
Stille ...
Man hört die Uhr und das Kätzchen. Das Kätzchen spielt jetzt mit einer Garnrolle. Ich schneide mir ein Stück Käse ab. Ich gehe vorsichtig zu Werk; trotzdem klirrt die Messerspitze gegen den Teller.
Kein Wort!
Mama Philomene seufzt. Clarius schaut sie an. Ich weiß, daß er sie anschaut, obwohl ich nicht den Kopf gehoben habe. Ich weiß, daß er sie anschaut.
Stille.
Ein feuchtes Holzscheit zischt im Feuer.
Das sind die Mahlzeiten auf La Douloire! So war es alle Abende! Niemals noch hatte ich wie an diesem Abend das Bedürfnis gespürt zu reden, das Bedürfnis, reden zu hören.
Wir sind fertig. Ich ziehe meinen Tabaksbeutel heraus und drehe mir eine Zigarette. Ich werde sie draußen rauchen. In meiner Hosentasche fühle ich den Schraubenzieher hart und kalt an meinem Oberschenkel.
Ich sage: »Guten Abend alle miteinander.«
Um die paar Worte herauszubringen, mußte ich mich räuspern; die Kehle verfilzt innen vom Nichtstun. Weder Clarius noch Saturnin noch Mama Philomene, die die Teller in den Spültisch räumt –, sie hat es vielleicht nicht gehört – geben eine Antwort.
Ich sage noch einmal:
»Guten Abend.«
Nichts.
Ich gehe hinaus.

Ich hatte den Schraubenzieher unter der Tür durchgesteckt und gefühlt, wie er schnell von der andern Seite hereingezogen wurde. Mein Bündel lag da im Gras. Jetzt galt es nur noch abzuwarten.
Hinter dem Kammerfenster wurde es hell. Clarius ging zu Bett. Dann verlosch das Licht.
Es fiel starker Nachttau.
Ich ging zu meinen Sachen, um nachzusehen, ob auch mein Tabakvorrat nicht feucht davon würde. Ein leichter Wind, der den Feigenbaum traf, machte einen Heidenspektakel in den großen Blättern.
Nach einem Augenblick erschien das Licht wieder hinterm Fenster: die Bäuerin ging schlafen. Dann verlosch es.
Es galt abzuwarten.
Ich hörte, wie der Schraubenzieher an dem Schloß knabberte.

Ich hörte ihn aus weiter Ferne über die Wiese kommen, trotzdem fuhr ich zusammen, als er mir die Hand auf die Schulter legte:
»Ich bin's, Kamerad.«
Albin näherte sich sofort der Tür. Ich schlug mich ein wenig seitwärts. Verliebte sind gern unter sich, Scherz beiseite.
Ach, die schöne Nacht!
War es nicht eine Sünde, dachte ich, war es nicht eine Sünde, einen Christenmenschen sozusagen unter der Erde einzumauern, wenn es draußen so schön war?
Die Luft schmeckte herrlich wie eine Suppe, eine Baumsuppe. Es roch nach feuchtem Laub und fettem Gras. Die Nacht saß über uns wie eine leuchtende Kapuze, mit Sternen bis zum Himmeldonnerwetter hinauf.
Die Durance murmelte leise unter den Pappeln. Gegen Oraison zu hatte man wohl Feuer angezündet, um das welke Weinlaub zu verbrennen; von Zeit zu Zeit loderte in jener Richtung eine große rote Flamme auf, und in die

Nacht stieg ein Rauch auf, der wie eine Pferdemähne wallte.
Albin rief mich mit leiser Stimme:
»He, Kamerad, komm her und sieh!«
Ich ging hin.
Es war Angèle!
Aufrecht stand sie im Rahmen der geöffneten Tür.
Im Hintergrund des Silos hatte sie die Kerze brennen lassen.
Angèle stand gegen das Licht, ein großes Tuch um sich gelegt, das ihr Kopf und Brust bedeckte und das sie mit gekreuzten Armen eng um sich zog. Ein kleines bißchen von ihrer Nase war noch zu sehen. Dieses bißchen Nase und der Umriß ihrer Gestalt, das allein war schon viel, viel schöner als die Nacht.

Habt ihr jemals ein Mädchen entführt? Nein? Nun, in solchen Augenblicken ist die Vorstellerei rasch erledigt.
Übrigens mußte er ihr schon von mir gesprochen haben. Sie wußte, wer ich bin.
Albin hatte einen Weidenkorb zurechtgemacht und ihn zur Hälfte mit trockenem Stroh gefüllt: das war für Mosjö Pancrace.
»Wir werden ihn zu zweit tragen, Fräulein, wie einen Korb voll Äpfel, und, bimmel-bammel, er wird nie so gut geschlafen haben.«

Das sagt sich sehr schön, aber wenn man sich nur alles recht gut auszutüfteln brauchte, damit es in Erfüllung geht, dann wäre die Welt nicht mehr die Welt. Mosjö Pancrace wurde zwar in den Weidenkorb gelegt, das ja, aber was das Bimmelbammel anbelangt, so verließ er vielmehr im heftigen Gerüttel eines Galopps La Douloire.
Ich weiß nicht, ob wir in unserer Freude lauter gesprochen hatten, als in solchen Fällen angängig ist, oder ob unser wohlabgemessenes Wisperwisper noch zu scharf war, oder ob ..., kurz, sei dem wie ihm wolle, aber, als wir um das

Haus herumbiegen, fühle ich so was Kaltes in meinem Rücken; eine Empfindung, die man hat, wenn jemand einem die Augen in den Rücken bohrt.
Ich muß an Clarius denken, ich lasse mein Bündel fahren, tauche meine beiden Arme ins Dunkel und kriege Mensch und kalten Stahl zu fassen.
Er... und, natürlich, sein Gewehr!
»Schweinehund!«
Schon hat er meine Arme als Gürtel um sich und mich selbst als Schnalle daran sitzen.
Ich höre die beiden andern über die Wiese davonlaufen.
Ich wollte ihm das Gewehr entreißen, aber andrerseits wagte ich nicht, ihn anzupacken, wie einen, der heile Glieder hat. Ich achtete seine kaputte Flosse. Ich wußte, worauf er hinauswollte: seine Knallbüchse frei bekommen und mir einen Schuß in die Fresse pfeffern.
Es ging scharf her, ich geb's euch schriftlich, und alles stumm, ohne einen Ton.
Ich stieß ihm in die Rippen mit der geschlossenen Faust, ich fuhr ihm mit dem Kopf ans Kinn und trampelte gleichzeitig auf seinen Füßen herum; alles hundsgemeine Stöße, jawohl, aber wenn's ums Leben geht!...
Komisch: in dem Augenblick sah ich, hell wie am lichten Tag, den Albin mit seiner Herzliebsten über eine Blumenwiese laufen und bimmel-bammel das Kinderkörbchen dabei schwenken, und ich sagte mir: »Halte noch einen Augenblick durch, bis sie über den kleinen Bach hinüber sind, dann laß los...«
Plötzlich fühle ich, wie er ganz schlapp wird, als hätte ich statt eines wutentbrannten Menschen ein Bündel Binsen in den Armen. Das Gewehr fällt klirrend auf die Steine. Ich denke: wenigstens das gewonnen. Dann wird mir klar, daß er kampfunfähig ist, und ich lasse ihn sacht der Länge nach auf den Boden gleiten.
Ich muß ihm unabsichtlich den schlimmen Arm etwas gequetscht haben.
Ich zünde mein Feuerzeug an.

Er lag am Boden wie ein Gekreuzigter. Er rührte sich nicht, aber er hatte die Augen offen; und den Blick dieser Augen, den werde ich niemals vergessen, und sollte ich so alt werden wie Methusalem. Er war blaß wie der Tod unter seinem Bart. Ich betrachtete ihn, das Flämmchen in der Hand: er lag auf seinem Kreuz!
Er hatte gegen das Böse gekämpft (nach seiner Meinung), solange er konnte.
Das war jetzt das Ende (immer nach seiner Meinung).
Er öffnet den Mund, ohne den Blick von mir zu wenden:
»Töte mich«, sagt er.
Der Strohkopf, der!
Ach so, er dachte, so wird das gemacht! Sah ich so aus wie einer, der einen Menschen umbringt, der am Boden liegt?!
Man sehe diese Undankbarkeit!
Ich steige sehr behutsam über ihn hinweg, ich lange meine Sachen vom Boden auf, und im Begriff, übers Feld zu verduften, wende ich mich um und sag' ihm meine Meinung:
»Wenn du es wissen willst, Clarius: Du bist ein ganz erbärmlicher Schuft!«

12

Wenn ich der Albin gewesen wäre, hätte ich am Ausgang der Wiese die gefährlichen Ufer der Durance verlassen und wäre dann am Krebsbach entlang bis zur Landstraße gegangen. Da stand ein dicker Eichbaum, der nicht sehr hoch, aber breit und stämmig wie ein Kohlenträger war. Da hätte ich im Dunkeln auf meinen Kameraden gewartet. Und richtig fand ich ihn denn auch an dieser Stelle wieder, ihn und seine Angèle und den Korb mit dem Knirps.
»Gut ausgetüftelt, Kamerad.«
Ich erzähle ihnen meine Geschichte auf meine Art, zum

Gebrauch fürs zarte Geschlecht, um Madame Albin nicht zu erschrecken, und damit gut.
Übrigens hatten sie einer wie der andere genug mit ihren eigenen Gedanken zu tun: sie waren beisammen.
Es wäre Sünde gewesen, für diese beiden nicht zu tun, was man getan hatte. Jetzt, da sie endlich vereinigt waren, war es auf einmal ausgebrochen wie ein Feuer, das lange nur schwelte und plötzlich langgestreckt zum Himmel aufschießt.
Es war nicht Liebe mehr, es war Inbrunst!
Versteht mich recht: ich will damit nicht sagen, daß sie's trieben wie auf einem Dorfball, mit Küssen, die wie Ohrfeigen knallen, und mit »meine Puppe« hier und »mein Dickchen« da, so daß man eine Gänsehaut über und über kriegt. Nein, es ging still zu und herzhaft wie ein schöner Morgen; ein ganzer Wagenzug voller Lichter schien hinter ihnen her zu rollen. Bedenkt, daß ich sie nicht einmal sehen konnte, aber sie mußten das wohl mit ihrem Atem rings in die Luft um sich herum ausströmen.
Trotz allem war es vorsichtiger, noch etwas Wald und Wiese zwischen uns und La Douloire zu bringen, und so machen wir uns auf den Weg. Ohne Richtung: durchs Assetal führte der Weg zum Berg.
Albin trug den Mosjö Pancrace, der fest in seinem Körbchen schlief. Angèle schritt neben ihm her; zu allem Glück kam für sie noch das hinzu: nicht alle drei Schritt mit der Nase auf eine Mauer zu stoßen.
Ich bildete die Nachhut. Ich war das Maultier in der Herde.
In der Nacht ermüdet Gehen mehr als am Tag.
Am Tag können die Augen sich die Zeit vertreiben, der Blick tollt wie ein treuer Hund voraus und zur Seite und apportiert wohlgefällige Dinge: bald einen Apfel, bald einen Obstgarten in Blüte; und das beschäftigt. Nachts aber, wenn's das Unglück will, daß man Sorgen hat, dann springen sie einem auf die Schulter und machen sich da

breit; den ganzen Weg muß man sie zu allem übrigen noch mitschleppen, und für zwei Beine ist das viel.
Meine Sorge war La Douloire.
Ich sah immer wieder im Schein meines Feuerzeugs den Clarius auf dem Boden, will sagen: auf seinem Kreuz; ich hörte sein: »Töte mich.« Er war ein todgeweihter Mann, soweit war es mit ihm gekommen.
Ein Schritt, zwei Schritt, hundert Schritt. Nacht. Der Weg ist steinig. An den Büschen blühen keine Blumen mehr.
Mit der gleichen Sicherheit, mit der ich Albin und Angèle unter der Eiche gefunden hatte, weil es der einzige vernünftige Weg war, mit der gleichen Sicherheit konnte ich jetzt sehen, was der Clarius tat. Oh, ich sah keinen Nagel hoch oben ins Gebälk des Bodens eingeschlagen, auch keinen Strick, obwohl man sich viel aufhängt auf dem Land, auch keinen Gewehrlauf im Mund und eine große Zehe, die nach dem Hahn tastet, nein, das nicht. Ein Sprung vom höchsten Fenster auf die Steinplatten im Hof? Nein. Mir war es, als steckte ich in seiner Haut und spürte die ersten Regungen seines Tuns.
Dieser Mann hatte ein Stelldichein mit dem Tod: mit dem Tod im Wasser.
Seit heute abend, da seine Tochter zum zweitenmal mit einem Mann davongegangen war (er wußte ja nicht, daß es dieses Mal der Albin war), seit heute abend hörte er den Tod wie eine Liebste in sein Ohr flüstern: »Morgen.«
Und morgen würde er zum Stelldichein gehen. Er würde gehen und sich in die Durance werfen.
Morgen!
Es mochte jetzt gegen elf Uhr sein. Morgen – es war nicht mehr sehr weit bis dahin.
Die Nacht riecht nach feuchtem Laub und fauligem Holz. Die beiden da vor mir unterhalten sich von zarten Dingen. Der Weg wird steil, sie merken es nicht, ich aber, Sakrament, ich stoße mich an allen Steinen!

Ja, sicher, morgen, sehr bald, wird er zum Stelldichein gehen.
Ihr versteht mich: wer hielte es aus, zu leiden, ein Herz zu haben, in dem es zu bohren beginnt wie in einem schlimmen Zahn, und – so wenigstens glaubt der alte Narr – zwei Schritt vor sich das einzige Mittel zu sehen, das helfen kann?
Für solche Privatliebschaften mit dem Tod sucht man sich im allgemeinen einen stillen Winkel aus, man versteckt sich für diese zärtlichen Umarmungen und macht es nicht mit Gesang und Tanz ab. Nein, vor allen Dingen will man seine Liebste in Ruhe an sich pressen und in aller Sicherheit, fern von Zudringlichen, jene Liebkosung empfangen, die heilt. Die Durance, die war gerade das Rechte, und sie war bei der Hand. Ach, diese unseligen Halunken!
Indessen stand die Geschichte fest; da kam man nicht drum herum. Wenn er sich's recht überlegte, so hatte er sich sein Unglück selbst geschaffen. An dem Tag, an dem er seine Tochter zurückkehren sah, an dem Tag, an dem sie, vielleicht auf der Landstraße, aus Marseille ankam, ihr Kücken in der Schürze, und die Tür aufstieß: »Ich bin es, Mutter!«, an dem Tag hätte er das alles wieder ins alltägliche Leben einreihen müssen, wenn er nur für einen Heller Verstand besessen hätte!
Seht ihr, ich bin sehr anhänglich an Dinge und an Menschen. An Dinge jetzt nicht mehr. Aber diese Douloire saß mir im Fleisch. Jawohl, ich weiß, ich bin unbeständig wie alle von meinem Schlag: bald hier, bald da, na und? Glaubt ihr, man ginge immer gern, auch wenn man freiwillig geht?
Aber das ist es nicht; diese Douloire, die Mama Philomene (die besonders; was hatte der Morgen, der bald blutrot sich auf dem geraden Weg vor uns erheben würde, mit ihr vor?), der Saturnin in seinem alten Wildschweinbau, und selbst der Clarius, sie alle hatten einen breiten Platz in mir eingenommen.
Zehn Francs hätte ich dafür gegeben, um dabeizusein, wenn

er drauf und dran war, sich in die Durance zu werfen; ich würde ihn gewähren lassen, o ja, er sollte mir eine kräftige Portion Wasser schlucken, dann aber hätte ich ihn herausgeholt, wie ich's euch hier sage, und mitten im Wasser, wo man die Rettung als Entschuldigung gehabt hätte, da hätte ich ihm ja von rechts und links ums Maul gehauen, um meiner Lust ein für allemal Genüge zu tun! Nachher hätte ich zu ihm gesagt: »Sollte ich vielleicht ein bißchen kräftig zugeschlagen haben, so geschah das, weil Ihr Euch an meine Beine geklammert habt!«, aber innerlich hätte ich gejubelt! Zehn Francs ... ich sag's euch!

Wenn wir an Gehöften vorbeikamen, bellten die Hunde. Ich bemerkte, daß die Hunde zu unserer Linken bellten; das hieß, daß wir über die Stelle hinaus waren, wo die Durance ganz dicht am Plateau entlang fließt, und daß wir nun auch auf jener Seite Kornfelder hatten. Das genügte. Ich sage:

»Holla, ihr Verliebten!«

Sie lachen da vorn.

Es war ihnen gar nicht aufgegangen, daß sie schon eine recht beträchtliche Zeit marschierten.

»Wenn wir eine kleine Rast machten? Nach der Frische in der Luft zu urteilen, muß es gegen drei, vier Uhr morgens sein?«

Nachdem wir uns in einer weichen, mit trocknem Thymian gepolsterten Kule niedergelassen hatten, schien es so schwierig, wieder aufzustehen, daß wir dablieben.

Ein leises Kindermauzen weckte mich, daher dachte ich im Halbschlaf: »Dieses Mal muß ich das Versteck finden.« Ich glaubte, noch auf La Douloire zu sein und nach Angèle zu suchen. Als ich die Augen aufgemacht, bemerkte ich, daß sie da war und vor mir stand, und daß ich sie sogar endlich zum erstenmal richtig sehen würde.

Vielleicht erinnert ihr euch? Im Grunde hatte ich das Mädchen ja noch nie gesehen. Man kann das nicht sehen nennen, dieses Vorübergehen in dem Lichtstreifen auf dem Hof und die in ein Tuch gehüllte Gestalt in der Tür des Silos.

Noch ist es ein wenig dunkel, aber in einem Augenblick werde ich sie sehen. Der Morgen dämmerte. Es war, als ob der Himmel mit verdünntem Kalk übergossen wäre. Noch hingen große Fetzen Nacht in den Talgründen, und am andern Ufer der Durance glitzerten noch die Lichter im Dorf Villeneuve.

Aber der Morgen dämmerte. Eine Lerche stieg kerzengerade inmitten des Windes hoch, sie knirschte förmlich darin wie ein Messer, das in eine unreife Frucht schneidet. Und auf einmal, lange vorm Aufgehen der Sonne, die noch drüben in Italien war, wurde es Tag, und ich erblickte Angèle.

Sie hatte sich über den Weidenkorb gebeugt und hatte gleich den Mosjö Pancrace in beiden Armen. Sie legt ihn auf ihre weichen Knie nieder und hebt das eine ein wenig hoch, um so ein Kissen für das kleine Köpfchen zu bilden. Sie schiebt ihr Tuch beiseite, hakt ihr Mieder auf und holt die schöne Kugel ihrer blühenden Brust hervor; sie neigt sich über das ausgehungerte Mündchen, und das Geschrei verstummt. Dann hebt sie den Kopf, und in ihren Augen und auf ihren Lippen liegt ein unendliches, regloses Lachen.

Mosjö Pancrace schmatzte wie ein Besessener an der Knospe ihrer Brust; übers ganze Gesicht liefen ihm kleine Bäche von Milch; bis ins Auge hinein, er blinzelte, ließ sich in seiner Beschäftigung jedoch nicht stören.

Schön war das! Es war die Lehre des Lebens. Trotz Wind und Wetter, allem zum Trotz hatte es dieses geschaffen. Welche Schönheit!

Angèle!

Sie war aus der Nacht hervorgetreten, und ich sah sie jetzt ganz. Ich sah sie rückschauend, wie sie gewesen war, und vorschauend, wie sie sein würde. Eine solche Frau war ein Stück Erde, sie war gleich einem Baum, einem Hügel, einem Fluß, einem Berg. Sie war ein Teil des ganzen Erdenrunds. Sie würde dauern wie die Sterne!

Man konnte nur: o über die Sünde! schreien, wenn man wie

ich wußte, daß so etwas unter der Erde eingesperrt gewesen war; so schön war sie.
Wahrhaftig, es war schön, das schwöre ich euch: dieses Mädchen, das einer vollen Frucht glich, und diese freundwillige und barmherzige Brust und dieses gierige Lutschen. Mosjö Pancrace hatte sein eines Händchen befreit und streichelte damit den schönen Quellenhügel, er klimperte darauf mit seinen Streichholzfingerchen.
Als Albin die schöne Brust der etwas beißenden Morgenfrische so ausgesetzt sah, fragte er:
»Fräulein, ist Ihnen nicht kalt?«
Angèle war eine Mutter; eine Mutter dieser Art vereint ohne Scham in sich die Liebe zum Mann und die Liebe zu ihrer Frucht.
Ganz ihrer Liebe hingegeben, sagt sie zerstreut:
»Gib mir das Tuch des Kleinen.«
Und dann sogleich:
»Oh, ich hab' ›Du‹ gesagt!«
Der Albin aber!
Er holt das Tuch, reicht es ihr hin:
»Da nimm, meine Schöne!«
So war's: das Leben lag vor ihnen. Nach dieser Seite hatte ich keine Sorgen. Das Leben lag vor ihnen, weil sie sich liebten, und vor allen Dingen, weil sie sich als freie Menschen liebten. Ihr werdet vielleicht sagen: »Wie die Tiere.« Nun ja, und wenn schon?
Ich hab' viel darüber nachgedacht; über Baumugnes, meine ich. Man hatte Menschen aus der Gesellschaft ausgestoßen und sie nach diesem Ort gedrängt. Man hatte sie vertrieben; sie waren wieder Wilde geworden, rein und einfach wie die Tiere.
Sie waren nicht kompliziert; sie waren gesund, sie waren gerade; ich erkläre euch das, wie ich's verstehe, ohne viel Federlesen. Wie Kinder traten sie dem Leben entgegen, mit ausgestreckten Händen, mit täppisch-ungelenken Bewegungen.
Der Albin hatte die Frau, die er liebte, haben wollen; er

hatte sie. Was vergangen ist, ist vergangen. Ein anderer hätte das sein ganzes Leben lang wie eine Kugel am Bein mitgeschleppt; er aber schaute im grünen Morgendämmer auf diese Brust und auf die Milchbäche, die über das Gesicht des Kleinen liefen.

Was vergangen ist, ist vergangen.

Soeben hat sie »Du« zu ihm gesagt, und er hat den Himmel mit seinem ganzen Sternengarten in sich.

Ihr werdet mir sagen: »Sie liebten sich wie die Tiere« ... und ich werde euch antworten: »Ja ... und wenn schon?« ...

So klug der Clarius war und so sehr er Mensch war, er vermochte doch nicht damit ein Glück zu schaffen; und wegen derselben Sache war er im Begriff, sich gleich in die Durance zu werfen.

Mosjö Pancrace war fertig: mit der süßen Milch zugleich hatte er einen Schlaf voll Gänseblümchen eingesogen, und er schnurrte schon mit offnem Mund.

Angèle bettete ihn wieder in den Korb und deckte ihn zu.

Der Himmel war blutrot, wie ein reifer Granatapfel.

»Vorwärts!« sagte Albin.

Ich sah vor uns in der schwarzen Bergwand ein mit bläulichem Dunst angefülltes Tal: es war der Assegießbach, das Tor! Von hier stieg man hinauf nach Baumugnes. Wir hatten die Morgensonne vor uns.

Um euch zu erklären, was nun kam, müßt ihr euch erinnern, daß meine Sorgen um Clarius, meine Gedanken über den Zusammenbruch von La Douloire (der im Grunde mein Werk war) mich nicht verlassen hatten.

Ich trug das in mir wie Wasser, es schwappte bei jedem Schritt, und das Geräusch begleitete mich. Aber der Gedanke kehrte mir immer wieder: solange es noch nicht ganz Tag ist, solange ist noch keine Gefahr, und alles kann gerettet werden. Ich wartete auf das Wunder.

Das Wunder kam durch mich.

Durch mich und durch das Bild, das plötzlich meinen Kopf erfüllte: das Gesicht von Mama Philomene, der guten, aufrechten, schlichten, mit einem Wort, der großmütigen Frau; genau in der Minute stieg das Bild mir auf, als die Sonne über den Rand der Alpen trat, als ihr kochendes Gold auf die Hügel des Geländes überschäumte und die Gefahr für La Douloire begann.

Mit drei großen Schritten überholte ich den Albin, der den Kleinen trug und, Angèle stützend, sacht neben ihr einherschritt.

Die Arme zum Kreuz ausgebreitet, versperrte ich ihm den Weg zum Berg und sage:

»Mein Junge, mein armer Junge, wir müssen alles noch mal machen.«

Erstaunt fragt er:

»Bist du krank, Großvater?«

Seine Stimme war traurig, weil er erraten hatte.

»Krank, Bursche?! Vielleicht bin ich krank, sicher aber ist, daß ich mit dir reden muß. Mit deinem Schritt, mit dem Schritt des Fräuleins beginnt ein Leben. Dein Leben! Und da muß ich dich um eines bitten: warte einen Augenblick; ich werde dir sagen, was ich zu sagen habe; danach werde ich dir den Weg freigeben, und wenn du dann weitergehen willst, magst du weitergehen.«

Er ließ Angèle los. Sein Arm bewahrte noch die Rundung ihres Körpers und brauchte lange, um hinunterzugleiten, sein Kopf aber gab den Befehl.

»Schon gut, rede.«

»Erstens mal das eine, Junge: eine gute Sache beginnt niemals mit einer Lumperei.«

»Ja, und dann?...«

»Und dann; eben das.«

»Ich meine, was noch?«

»Was noch... das ist alles, darin liegt alles.«

Er blickte mir eine ganze Weile tief ins Auge.

»Wenn das für mich gesagt ist, Kamerad, dann denkst du, was ich denke.«

»Mag sein. Alsdann?...«

»Alsdann sollst du gleich hören: wenn ich gewartet habe,

daß du als erster davon sprechen sollst, so geschah's nur ihretwegen, wegen dieser hier, die ich liebe. Du weißt es, wie mich nach ihr verlangt hat! Und nun ist es Morgen, vor mir liegt der rechte Weg, die helle Sonne überströmt mich, und hier in meinem Arm, da halte ich sie; sie, ihre Wärme, ihr Gewicht, ihr lebendiges Leben; das entschuldigt viel...

Oh, ich weiß recht gut, was ich getan habe, um sie zu kriegen; das war schnelle Arbeit, da ist nicht viel gedrechselt und im einzelnen ausgefeilt worden, mein Wille hatte es alles in allem angepackt, und vorwärts, los, ich hole dich...

Ich habe innerlich wohl darüber gegrübelt, vielleicht schon eher als du, aber bis zu meinem letzten Schritt den du in der Luft angehalten hast, hab' ich mich eingewiegt, indem ich mir sagte: schlecht oder recht, in schlechten Jahren sät das Korn sich selbst aus und geht auf. Hast du schlecht gesät, nun gut, vertraue auf die Zeit, die kommt. Und dann ist da noch eins: da ist doch sie mit ihrer Lebenswärme, sie hat auch ihr Wort mitzureden, sie hat ein Recht auf ihre Meinung, sie hat das Recht, zu sagen: ›Meiner Meinung nach muß man es so machen.‹ Ich bin's nicht mehr allein, jetzt zählt auch alles andere.«

Er schaute Angèle an.

Sie war weiß wie ein Blatt Papier, zum Teil von der Morgenluft, die sie überlief, zum Teil aber auch, weil man davon sprach und sie wohl sah, wohin das führte. Nur ihre Augen hatten Farbe.

Sie lehnte den Kopf an die Schulter ihres Mannes:

»Tu, wie du willst.«

Mit ihrem ganzen Leibe sagte sie: »Wir sind zwei in einem, also bist du's allein. Wohin du willst, aber mit dir.«

Die Sonne stieg. Der andere war vielleicht schon auf dem Weg zur Durance. Es konnte sich um eine Viertelstunde handeln.

»Alsdann«, sagt Albin, »wenn es sein soll, wie ich will, Frau, dann kehren wir um.

Ich will mit deinem Vater, will mit deiner Mutter reden, ich

will mit dir von La Douloire weggehen am hellen lichten Tag, vor aller Augen, sie sollen aus ihren Türen treten, ums uns wegziehen zu sehen, und auf der Schwelle sollen Vater und Mutter stehen und mit den Händen uns ›Auf Wiedersehen‹ nachwinken. Das ist es, was ich will.«
Damit konnte alles gerettet ... oder alles verloren sein.
Ich sage:
»Überleg es dir recht: Wenn du's für mich, aus Achtung vor mir tust, zieh weiter, geh nach Baumugnes, du hast genug getan.«
»Nein, ich tu's für mich.«
»Da ist noch etwas: Wenn wir alle drei vor La Douloire stehen werden, im hellen Tagesschein – da ist das Gewehr von Clarius. Damit muß man rechnen.«
»Das sicher«, sagt Angèle.
»Trotzdem heißt's rechtsum kehrt, Großvater!«

Auf dem Rückweg sagt er einmal wie zu sich selbst:
»... weil ich nicht wie der andere handeln will.«
Und ein anderes Mal:
»... wie's auch kommt, sie ist jetzt meine Frau für immer.«
Und schließlich:
»... ich, ... ich bin aus Baumugnes.«
Darauf hat er angefangen, mit dem Kleinen zu scherzen.
Mosjö Pancrace war durch die klingenden, weit ausgreifenden Schritte hellwach geworden und hatte die Sache von der lustigen Seite genommen. Die Sonne spielte in den Spitzen seines Mützchens. Das war was Neues. Sollte man da etwa nicht guter Laune sein?
Albin hatte ihn sich hoch auf den Arm gesetzt. Er sang ihm ins Gesicht: »Mahle, Mühle, mahle«, und »Put-put-put, mein Hühnelein«.
Ach, heiliger Strohsack!
Der Knirps sabberte vor Wonne darüber, und weil der Wind wie ein Kräuterschnaps wirkte.
Wir marschierten alle drei auf gleicher Höhe, im gleichen

Schritt, der vorwärts trieb. Gesundes, rotes Blut hatte Angèles Backen gerötet. Die Elstern schrien, und Mosjö Pancrace lachte!
Indessen dachte ich hauptsächlich an das Gewehr, ich verhehle es nicht.
Punkt elf liegt endlich La Douloire vor uns!
Endlich, weil ich vor Angst und Unbehagen schon nicht mehr weiter konnte. Anders Angèle dagegen; tapfer, ein Lächeln auf den Lippen, schritt sie weiter und kitzelte mit einem langen Strohhalm den Mosjö Pancrace, der sich an Albin schon so gewöhnt hatte, daß er ihm auf den Ärmel pinkelte.
Ja, ich war der einzige, der Angst hatte. Die beiden andern gingen ihrem Geschick entgegen...

Da war La Douloire.
Da lag der Hof inmitten seiner Äcker, zu unsern Füßen bog zwischen zwei Eichen der Weg ab, der gerade darauf zu führte, auf die schwarze Tür, die uns wie ein aufgesperrter Rachen angähnte.
Wenn er noch nicht fortgegangen war, um sich zu ersäufen, dann war der Clarius dort im Dunkeln.
Wir würden nun in diesen schnurgeraden, hellen Weg einbiegen ihm gerade vor der Nase; er hatte Zeit, uns kommen zu sehen, zu zielen und...
Ein schöner Anblick, Albin und Angèle! Die beiden miteinander waren so schön wie die ganze übrige Welt zusammengenommen.
Wir waren unter der rechten Eiche stehengeblieben. Albin setzte den Kleinen im Knick seines Ellbogens fest in den Sattel.
»Leg deinen Arm um mich, Angèle.«
Mit seinem freien Arm umschlang er meine Schulter. Ein schönes Gewicht, versichere ich euch, treu und freimütig: von der Freimut eines Baumes; sein Gesicht lächelte wie eine Wiese.
»Vorwärts, Kinder!«

Eins, zwei... eins, zwei!
Entschlossen hallte der Tritt unserer drei Paar Füße auf den Steinen, und Mosjö Pancrace sang dazu im Takt: »Lo, lo, lo.«
Denken, daß der alte Hundsfott da im Dunkeln mit seinem Gewehr lauerte! Denken, daß ich ebensolch ein Hundsfott war, der das Gottesdasein dieser drei auf diesen verfluchten Weg gelockt hatte, der schnurgerade lief wie eine Visierlinie!
Wenn wir nur bis zu der Weide kämen!...
Die Weide! Eins, zwei, wir sind daran vorbei!
Eins, zwei; vorwärts, drauf los, wie im Krieg!
Wenn wir nur bis zur ersten Pappel kämen!
Da ist sie; dann die zweite, die dritte!
Eins, zwei; schon sind wir bei den Platanen!
Einen Lärm machen wir!
Durch unsere Arme sind wir wie eine Mauer miteinander verbunden, eine lebendige Mauer, eine Wellenmauer. Wie eine Welle kommt das Leben auf La Douloire zu!
Und der alte Tropf mit seinem Gewehr im Dunkeln!
Ach so, vielleicht wird er durchs Fenster schießen!
Jetzt sind wir auf dem gepflasterten Hof.
Die ganze Erdkugel mit ihrer Bürde von Bäumen, Höfen, Flinten, Sternen dreht sich unter meinen Füßen.
Ich gehe, weil ich an Albins Arm geklammert bin.
Herr Pancrace kräht: »Arre-bubu«.
Drei Schritt, zwei Schritt, einer, die Tür!
Wir treten ein; sind eingetreten!
Wir sind da!

Ich sehe uns wieder: alle drei in einer großen Stille nebeneinander aufgereiht in der Küche. Albin hebt den Mosjö Pancrace über uns hoch, er gurrt.
Sie sitzen am kalten Herd: Mama Philomene mit weiten Augen, weitem Mund und ebensoviel Schatten wie Fleisch auf ihrem Gesicht. Er, in die Lehne des Holzstuhls gekrallt, ganz in sich gespannt, wie ein sprungbereites Tier.

Sein Kopf mit der Pfeife im Mund reckt sich uns entgegen mit entblößten Zähnen.
Stille!
Man hört den Atem von uns dreien.
Mosjö Pancrace sagt: »O ... pa ...!«
Das Pfeifenrohr ist zwischen den Zähnen des Clarius zerbrochen.
Mama Philomene gleitet auf die Knie nieder, und mit gefalteten Händen sagt sie:

»Heilige Jungfrau,
Bei der Frucht Deines Leibes
Bitte für uns!«

13

Nein, er hat nicht geschossen!
Oh, er hat wohl nach dem Gewehr gegriffen und hat uns alle vier eine ganze Weile vor der Mündung der beiden schwarzen Läufe festgehalten, und er hat das Ende seines Pfeifenrohrs ausgespuckt, um zu sagen:
»Hure!«
Angèle steht stolz und aufrecht, an Albin geschmiegt; ihr Mieder ist offen, und man sieht ihre Mutterbrust.
Er hat nicht geschossen.
Aber weder Philomene noch die heilige Jungfrau da oben haben ihn zurückgehalten.
Er hat es nicht gewagt:
Es war eine Sache, sage ich euch, den Albin in diesem Haus zu haben: diesen Mann, rein und klar wie Eis.
Das ist die Geschichte.

Wenn ich jetzt hier, in diesem Haus bin, seht ihr, so heißt das, daß ich heruntergekommen bin.
Unser Kommandostab, das ist die Erntearbeit, aber den hat man nur im Sack, wenn man jung ist. Ich bin zu alt.
Jetzt bin ich bei den Bohnen und den Linsen beschäftigt. Ich

habe mich sogar schon dazu verdungen, Wassermelonen aufzusammeln. Und euch kann ich's ja sagen: in der vorigen Woche habe ich einen Tag sogar Tomaten bei einem spanischen Wiederverkäufer sortiert.
So ist das Leben.
Essen muß man ja.
Wenn ich so wie heute abend Gelegenheit habe, laß' ich's mir nicht entgehen, mich an die schönen Zeiten zu erinnern.
Ach, das Korn in Marigrate, und zwanzig Windfegen, die einem die Streu ins Gesicht bliesen; die Dreschmaschine, die mit vollem Maul ihre Garbenbündel fraß; und in diesem Geruch von Stroh und Schweiß und Brot sich abzurackern!

Seit der Zeit, da es anfing, abwärts mit mir zu gehen, kam ich gern in die Gegend dieser Kornfelder, um der Arbeit von weitem zuzuschauen; dann war mir, als wäre ich mitten unter den andern, und die Last meiner Jahre verflog.
Aber wenn man mich noch für irgend etwas anstellte, dann war's, um den Schafstall reinzuhalten oder den Rinnstein zu säubern.
Als ich das letztemal in diese Gegenden gekommen bin, kam mich die Lust an, La Douloire wiederzusehen. Ich wußte, daß der Hof noch immer Clarius gehörte.
Schon aus der Ferne schien mir das Grundstück viel sauberer; in der Nähe sah man die reinlichen Felder und ahnte, daß der Herr hier Verstand und Geschmack haben müßte.
Die verwilderten Bäume des alten Obstgartens waren umgehauen. Bäume, die alle Kraft dransetzen mußten, Blätter zu treiben, und folglich nicht an Früchte denken konnten.
Jetzt war dort Land für Frühgemüse.
Ich setzte mich auf die Böschung der Landstraße, meinen Stock und meinen Sack zwischen den Beinen, und dachte so nach über alle diese Veränderungen, bis plötzlich hinter drei

Ziegen mit bammelnden Glöckchen ein kleines Mädchen, nicht größer als so, ankam; wie ich sie sah, wehte mich der ganze warme Atem der Vergangenheit an, gerad als hätte ich eine Ofentür aufgemacht. Sie war nicht scheu und von gutem Schlag; sie ließ ihre kleine Herde rund um mich herum grasen.

»Nun, kleines Fräulein«, sage ich, »bist du von hier?«

Sie war etwa fünf Jahre alt.

»O nein«, sagt sie und zieht eine Schnute, »ich bin doch aus Baumugnes!«

Ihr könnt euch denken, ob das Wasser auf meine Mühle war! Aber ich durfte die Sache nicht zu ernst anfassen, wenn ich etwas erfahren wollte.

»Ist das weit von hier?«

»Furchtbar weit, ganz da oben, viel weiter als die Wolken.«

»Und du kommst von so weit her, um hier die Ziegen zu hüten?«

»Das glaubst du doch selber nicht! Man muß doch viele Tage mit der Eisenbahn fahren, um herzukommen, viele Tage, und mit meinen Ziegen, da würde man mich doch gar nicht in den Zug hineinlassen, und überhaupt, wie soll man denn das mit dem Trinken für die Tiere machen im Zug? ... Nein, ich bin da« – sie zeigte mit ihrem kleinen Fingerchen auf La Douloire – »bei meinem Großpapa. Und mein Bruder, der ist auch da, siehst du, Mann, dort im Feld neben dem Pflug.«

Ich sah ihn: einen kleinen Jungen, der hinter der Pflugschar herging und mit der Peitsche das Pferd antrieb.

»Wie heißt du denn?«

»Ich heiße Angèle, wie meine Mutter.«

»Ist der Mann da drüben dein Vater?«

»O nein! Mein Vater ist viel größer und viel stärker, und es geht auch viel schneller, wenn er pflügt. Mein Vater ist gar nicht hier; der ist doch oben in meiner Heimat bei meiner Mutter; in acht Tagen kommt er her und holt mich und meinen Bruder ab. Dann gehen wir zurück in meine

Heimat, und in Gap machen wir Aufenthalt, und jedesmal, wenn wir in Gap Aufenthalt machen, kauft mir mein Vater eine schöne Schürze, und dann kauft er Samthosen für meinen Bruder, und dann kauft er ein Kleid für meine Mutter, und dann ... und wenn wir dann bei uns zu Haus angekommen sind, dann sagt meine Mutter zu ihm: ›Du bist verrückt‹, und dann gibt er ihr einen Kuß.«
»Hast du deinen Vater lieb?«
Sie guckte mich an, ob ich wohl allen Ernstes so fragte, und dann sagt sie mit einem Ausdruck leisen Mitleids für mich:
»Ja, gewiß.«
Ich erhob mich und lud mir meinen Sack auf.
»Höre«, sag' ich, »wenn dein Vater kommt, dann bestelle ihm einen schönen Gruß vom Amadeus; wirst du dir's merken? Vom Amadeus; er weiß schon, wer das ist.«
Und ich zog meines Wegs.
Ihr werdet fragen: Wart ihr denn nicht mehr gut Freund, du und der Albin? Es wäre doch nichts leichter gewesen, als in La Douloire einzutreten und zu sagen: ich bin's. Das hätte man, nach allem, was du getan, doch ganz natürlich gefunden. Statt dessen trägst du dem kleinen Mädchen einen nichtssagenden Gruß auf, den sie vergessen wird.
Ja, die Kleine würde ihn vergessen, sowie ich um die Straßenecke gebogen war, das wußte ich. Ich wollte es übrigens auch gar nicht anders.
Was aber eure Frage anbelangt, ob der Albin und ich nicht mehr gut Freund waren, da muß ich euch sagen: was ich für ihn getan habe, das hätte ich nicht für einen jeden getan.
Ihr braucht nicht etwa zu glauben, der Amadeus wäre so ein Kerl, den man mit Liebesbotschaften zu den Mädchen schicken könnte. Nein, ich kann es euch jetzt ruhig sagen: dieser Albin, dieser Junge, den hatte ich in mein Herz geschlossen, als ob's mein eigener wäre. Man findet nicht alle Tage solch einen Menschen, der klar wie Wasser ist, wenigstens nicht unter uns Brüdern, und man kann sagen, auch unter den Menschen im allgemeinen nicht.

Ihr könnt gern lachen; ich bin dreißig Jahre älter als er, und an der Wende des Alters kommt es nicht selten vor, daß man sich so unter vier Augen sagt: »Du könntest auch so einen Jungen haben wie den da, wenn du ein bißchen weniger Sinn fürs Herumstrolchen gehabt hättest.«
Lassen wir das.
Aber: nicht mehr gut Freund! Das heißt, im Gegenteil, er war es nur zu sehr für mich, und ich habe ihn nach und nach in mir töten müssen, bis er mir wurde, was er jetzt ist: einer, von dem ich kaum noch den Namen weiß: einer aus Baumugnes!
Seht ihr, das Glück ist nämlich der beste Strick, um die Kraftmenschen festzubinden.
Da rackert sich so einer ab, ringt redlich und unaufhörlich mit dem Leben, steht da wie ein Herkules.
Schön.
Eine Umwindung mit dem Strick des Glücks, und er ist wehrlos wie ein Baum. Er wagt nicht mehr, Arme und Beine zu rühren, wagt nicht mehr, seine Zunge zu gebrauchen, kaum noch ein wenig seine Augen...
Undankbar also?...
O nein! Wer das sagt, dem würde ich von ganzem Herzen eins aufs Maul geben!
Undankbar? Nein!
Ach, wenn ihr seine Augen gesehen hättet!...

Als wir von La Douloire aufbrachen, geschah's im ehrlichen Tageslicht, wie er's gewollt hatte, und nach aller Wunsch und Willen; Clarius hat gesagt: »Auf Wiedersehen, ihr Kinder«, und Mama Philomene: »Wickle den Mantel um die Füße des Kleinen«; sie sind uns mit den Augen gefolgt, so weit sie konnten, und der Trottel von Saturnin war auf die Strohmiete geklettert und spielte, den Hut in der Hand, mit ausgerecktem Arm den Telegraphen. Das wollte was heißen!...
Es war kalt, weil ein verdrehter Mistral blies, der nicht recht Richtung hielt.

Als wir nach Oraison kamen, sag' ich zu ihnen:
»Kinder, wir wollen einen heißen Kaffee trinken.«
»Lieber nicht«, sagt der Albin auf eine komische Art.
Er hatte Lust und wagte doch nicht, ja zu sagen; das setzte mir einen Floh ins Ohr.
Als Angèle in einem Winkel des Cafés, in das er dennoch hatte mit mir eintreten müssen, den Kleinen säugte, nahm ich ihn ins Gebet.
Nun ja! Wenn es sich um so tolle Dinge handelte, wie um die Hoftochter von La Douloire mit einem Liedchen auf der Mundharmonika anzuhalten, dann war mein Albin zur Stelle; aber wenn es um vernünftige Dinge ging ... Nicht einen Groschen hatte er dort annehmen wollen, und nicht einen Groschen hatte er in der Tasche.
Er wollte also zu Fuß da hinaufsteigen! Er hatte also kein Vertrauen mehr zu mir!
Was habe ich auf ihn einreden müssen! ...
Schließlich hat er nachgegeben, um ihretwillen und wegen des Kleinen.

Der Tag ging zu Ende, als wir am Bahnhof ankamen. Es wurde gerade ein Zug zusammengestellt. Ohne Kopf stand er mit seinen offenen Abteiltüren wie tot neben dem Bahnsteig. Ich glaube, er sollte um sieben Uhr abgehen.
Ich kaufte ihnen für mein Geld zwei Fahrkarten. Mir blieben noch drei Francs; ich bat ihn um seinen Tabakbeutel, angeblich, um meine Pfeife zu stopfen, und steckte die drei Francs in den Beutel, recht obenauf, damit er sie fände, wenn er sich nachher eine Zigarette anstecken würde.
Dann hab' ich sie in ihrem Abteil untergebracht.
Man merkte, daß wir so etwas nicht gewöhnt waren; es war noch viel zu früh für diesen Zug; wie waren die einzigen auf dem Bahnhof. Auf der andern Seite des Bahnsteigs sah man durch die Fensterscheiben Männer in schwarzen Mützen bei Petroleumlampen sitzen. Der Bahnhofsvorsteher war dabei; ein dicker, roter, der wie wild in seinem Ofen stocherte. Einmal stand einer von den Mützenmännern auf

und ging mit einer grünroten Laterne an den Gleisen entlang, um ich weiß nicht was zu suchen.
Sonst waren nur noch wir da und der Wind.
Ich war auf dem Bahnsteig vor dem Abteil stehengeblieben. Sie hatten die Tür offengelassen, aber sie waren schon nicht mehr bei mir.
Angèle hatte ihren Kopf auf die Schulter des Albin gelegt und war eingeschlummert. Sie saß dicht an ihn geschmiegt; Mosjö Pancrace lag, in den Mantel eingewickelt, auf den Knien des Mannes und war auch im Begriff, einzuschlafen. Er hatte noch einmal mit den Lidern geblinzelt und lutschte jetzt an Albins Daumen.
Und da saß er nun, getreu und aufrecht, und wagte nicht, sich zu rühren, wagte nicht, laut zu atmen, zu reden..., ohne alle Kraft, zu einer Garbe gebunden durch diesen verfluchten Strick des Glücks.
Aber wenn ihr seine Augen gesehen hättet!...
Ich schaute ihn an, er schaute mich an, und so, ohne Worte, ist es zu Ende gegangen.
Erst tat ich einen Schritt rückwärts, dann noch einen. Einen Augenblick befand ich mich gerade auf der Grenze, wo ich noch seine Augen sehen konnte. Und da hörte ich, was diese Augen sagten:
»Dank, Freund, mehr als mein Freund; Dank, Großpapa des Glücks! Es ist gut; jetzt ist alles gut; du siehst, es ist geschafft! Dank, Dank!...«

Ich war am andern Ende des Seiles unserer Freundschaft, das in unsern beiden Herzen verankert war; noch ein Schritt, und es zerriß.
Ich hab' diesen Schritt rückwärts getan, ich bin gegangen.

So ist es.

Jean Giono

Jean Giono wurde 1895 in Manosque geboren und starb 1970 in seinem Geburtsort in der Provence. Er war ein scharfer Gegner der modernen Zivilisation und Technisierung und pries in seinen Romanen die Einheit von Menschlichem und Kreatürlichem, das erdverbundene Leben der Hirten, Bauern und Handwerker in seiner Heimat. Wegen seiner konsequent pazifistischen Haltung während der deutschen Besatzung wurde Giono der Kollaboration verdächtigt und hatte von 1944 bis 1947 Publikationsverbot, wurde jedoch später rehabilitiert und 1954 in die Académie Goncourt gewählt.

Der Berg der Stummen
Roman. Band 11149

In Italien um glücklich zu sein
Ein Reisebuch. Band 11145

Das Lied der Welt
Roman. Band 5315

Die Terrassen der Insel Elba
Band 9235

Vom wahren Reichtum
Roman. Band 5974

Fischer Taschenbuch Verlag

fi 166 / 8